Hambre

MARIBEL MEDINA

Hambre

CONTRALUZ

Diseño de colección: Estudio Sandra Dios

PAPEL DE FIBRA
CERTIFICADA

Madrid, 2025
Valentín Beato, 21
28037 Madrid
www.contraluzeditorial.com

ISBN: 978-84-19822-39-0
Depósito legal: M. 24.619-2024
Printed in Spain

Para mi amigo Alejandro Palomas. Una amistad construida con árboles, libros y palabras; algo parecido a un hogar.

Fouché estaría orgulloso de nosotros

Todo es mío y nada me pertenece,
nada pertenece a la memoria,
todo es mío mientras lo contemplo.

Wislawa Zimborska

Llegarán las horas
en que las viejas heridas,
esas que olvidamos hace tiempo,
amenazarán con consumirnos.

Hannah Arendt

Tardaron nueve horas en rescatarte.

Los buitres no aparecieron.

A veces, imagino trozos de tu cuerpo convertidos en papeles que revolotean en el barranco, y tus pulmones, bolsas de plástico que se inflan y desinflan dependiendo de las ráfagas de aire.

De esta manera, sigues vivo.

Encuentro el papel encima de la mesa. Hoy te has ido pronto, quizá estés con las ovejas en el prado de la montaña. Me extraña que no hayas encendido el fuego. Veo el cesto de mimbre vacío, tan solo unas ramas de avellano y cortezas deshilachadas de haya dormitan en el fondo. No es que haga mucho frío, septiembre todavía es un mes cálido, pero por las mañanas la casa guarda la humedad de la noche e incluso con la chaqueta de lana me siento incómoda. Me detengo un momento y observo el papel que has dejado para mí. Es una hoja con publicidad en la parte de arriba, algo sobre una empresa que alquila tractores. La verdad es que si eliminamos el anuncio de letras azules no queda mucho espacio.

No quiero acercarme.

La leche está caliente. El vapor asciende hacia el techo y de manera hipnótica danza para mí antes de perderse entre las vigas de madera. De reojo siento como la nota me mira de forma insistente. Soplo el café. Observo a través de la ventana la lengua naranja que se desliza entre las copas de los árboles hasta llegar, de puntillas, al prado. El sol maquilla en un instante mi cara sombría. Su luz prepotente se detiene en la mesa.

De un impulso me levanto de la silla y la leo.

Se ha dado cuenta de que ya no me quiere, que nuestra relación es un peso insoportable para él, que no cargará con ella, y menos aún para siempre.

Su despedida suena a escarcha dentro de mi cabeza.

El temblor comienza en el pecho y se expande por el cuerpo, solo en la punta de los dedos parece atenuarse. Sin darme cuenta, mi espalda se encoge y con la barbilla toco el pecho. Me obligo a estirarme a la vez que coloco el anuncio de tractores sobre la cocina de leña y le prendo fuego con una cerilla.

No sé qué hacer. Por primera vez en mi vida, estoy sola. Vinimos al campo porque C quería iniciar una aventura y para él no existía mayor expedición que ir a un pueblo. Pero en un pueblo había demasiada gente, así que reformamos una borda en medio de ninguna parte y lejos de todo.

Puede que necesite un tiempo para darse cuenta de que me echa de menos o extraña a sus animales, que quizá sea lo que más le ate aquí. Me dejo convencer fácilmente, es el pensamiento del cobarde que a mí, de siempre, me domina. Positiva, casi alegre, comienzo con las tareas de la granja.

Llega la noche y me choca que todavía no hayas vuelto. Nunca he estado sola en esta casa. Incluso cuando te operaron dormí en una silla en la habitación del hospital.

Comienzo a llorar, al principio de forma comedida, luego mando a la mierda mi estoicismo y me dejo llevar por la pena. En el entreacto segundo aparece la rabia, que es a todas luces bastante mejor que la lástima, y a las lágrimas le siguen los insultos hacia ti.

Miserable.

Rezo y rezo y ruego a Dios que te traiga de vuelta. Trato de comprender tu huida, no lo consigo. Le pido al Señor que me lo explique. No hay respuesta.

El espejo refleja lo poco que mi cuerpo ha descansado. Tengo los ojos hinchados, me duele la cabeza en la parte frontal y las venas que van desde el lagrimal hasta el comienzo de las mejillas aparecen gordas y azules. Esto no me ayuda. Pretendo olvidarme de ti unos segundos, luego pasaré a minutos y seguro que pronto serán horas.

Quiero gritar. Necesito encontrar mi grito.

«La muerte no siempre es fortuita o imprevista. Varias son las señales que pueden presagiar la muerte inminente. Si en el silencio de la noche el gallo se despierta y empieza a cantar, alguien va a morir».

William A. Douglass, *Muerte en Murélaga**

Reposo la frente contra la puerta, la dejo apoyada en ella y la deslizo sobre su superficie en un intento de hacerme a la idea de que lo que huelo es un anticipo de lo que voy a ver. El ganado muerto, degollado, sus lenguas fuera, los ojos huecos, el olor a sangre, las moscas, mucha sangre derramada; las hojas de helecho no han podido absorber tanta cantidad.

Pienso que quien lo hizo debió de mancharse zapatos, ropa, manos, cara; ¿nadie vio nada? La ropa es fácil de limpiar, aquí la de trabajo se lleva oscura, la piel es más aparatosa, pero en un pueblo como este, de caseríos aislados, uno puede hacer lo que le dé la gana.

---

* Esta y las siguientes citas de William A. Douglass han sido extraídas de la edición de la colección Alga Ensayo publicada por la editorial Alberdania en 2003.

Me acerco la manga a la nariz. Prefiero mi mugre a ese olor a morcilla.

—Necesito que seas discreta. Aquí no somos más de ciento cincuenta vecinos. No puedo ir preguntando puerta por puerta. Cuando lo sepas seguro, me dices. Ya sabré qué hacer —dice Asiera.

—¿Cuánto pagas?

—15 000 pesetas.

—Es poco. Dame 30 000.

—20 000. Y porque sé que te viene bien.

—¿Qué sabes?

—Que estás sola. El poeta te ha dejado.

Miro con odio su aspecto: calva, se peina el flequillo a lo Anasagasti, cubriendo la calva de mala manera; la única diferencia, una horquilla negra con una Heidi pegada en el extremo que le sujeta el mechón cubierto de canas.

Sin darme cuenta, doy un paso atrás, resbalo y caigo sobre la sangre mezclada con mierda de vaca.

—30 000 pesetas —digo desde el suelo— o voy diciendo que las has matado tú para cobrar el seguro.

Me calzo las botas de agua y bajo la pendiente del prado hasta el gallinero de madera. Abro la puerta y un montón de gallinas salen en desbandada hacia los brotes de hierba verdes y tiernos. Recojo los huevos amontonados de ayer y los nuevos de hoy. Esparzo pan duro por el suelo, no sin antes besar cada trozo. Tenemos dieciocho gallinas; miento, tengo dieciocho gallinas. Es bueno hablar con propiedad, debo acostumbrarse a mi nueva situación y eso empieza por el lenguaje del yo y del singular. Necesito desempolvar de mi vocabulario palabras que llevaba tiempo sin utilizar. Ya no tiene lugar el vamos, comemos, miramos, salimos, entramos.

Si tomo conciencia de la situación a la que me enfrento, no podré superarla, así que dejo que las cosas sucedan como eran antes, solo que ahora serán en solitario.

Deposito los huevos en la barquilla situada en la parrilla posterior de la bicicleta. La ato con unos pulpos de colores. Si me doy prisa, puedo llegar hasta el colmado del pueblo antes de que Asiera, la hermana de Itziar, se pase por la tienda. Se levanta tarde y hasta el mediodía no suele aparecer. Me pone de los nervios; es huraña, avara y chismosa. Tiene la costumbre de acompañarte en tu recorrido por el interior de la tienda y cada vez que eliges algún producto ella lo supervisa con su aliento a coles agrias. Viste de negro, aunque ella ya no recuerde el porqué. Su marido murió en el monte solo, como un perro, según cuenta, huyendo de la policía. Se dice en el valle que era un contrabandista hábil que llegó a colocar una polea desde un árbol situado en la frontera de Francia hasta la de España para trasladar de manera furtiva y rápida la mercancía.

Los radios de la bicicleta suenan a monedas dentro de una lavadora. Las cubiertas de las ruedas son demasiados finas e intuyo que no aguantarán mucho antes de pincharse. Son cuatro kilómetros hasta el pueblo. La pista forestal está en buen estado para un coche, pero las piedras machacan mi cuerpo a ritmo de batidora.

C. Pongo esa inicial no porque sea el comienzo de su nombre, sino por cabrón, que es lo que pienso de él; no se puede dejar a alguien con una nota en una publicidad de tractores, es penoso por partida doble. Antes de que se fuera, aprovechaba los viajes de C para vender los huevos, mermeladas, compotas, mantequilla y, sobre todo, queso a la *denda* de Asiera; ahora supone un gran contratiempo.

Intento olvidar mi historia contigo, una historia no sé si más feliz, pero desde luego más sencilla.

Las hayas me arropan durante el viaje. Sus ramas se entrecruzan de un lado al otro del camino, pequeñas gotas fruto de los restos del rocío resbalan por las hojas y caen en mi cara. Por un momento, disfruto de la libertad de estar sola. Cojo velocidad durante la bajada, el viento mueve mi pelo húmedo, que se ondula cual bandera izada. Quito los pies de los pedales y levanto las piernas como cuando era niña. Me río y grito de miedo. No voy a tocar los frenos, de ninguna manera. Estoy viva y me lo demuestro con este gesto de absoluta temeridad. Sé que, tras unos metros de pendiente, a mis ojos casi vertical, el camino se suaviza hasta un pequeño repecho para luego volver a bajar en picado. Mi objetivo es que el terreno guíe mi velocidad, estoy a merced de los caprichos del camino. Sigo riendo como una posesa, aunque descubro, en el fondo de mi carcajada, rasgos de histerismo. Bajo las piernas y aprieto los frenos con suavidad, tampoco es cuestión de que por una tontería se rompan los huevos y el viaje sea en vano. Tengo que pensar en el dinero.

Suspiro de alivio cuando compruebo que solo está Itziar en la tienda. Actúa de manera normal, pero un pequeño tic en el ojo izquierdo la delata. Lo sabe. Agradezco el esfuerzo que hace para disimular.

—*¡Egun on!* —saludo con una seguridad que no siento.

Desde que llegué al valle de Baztán, he tratado de aprender euskera, algo que reconozco que me ha sido imposible. Intento utilizar en mi día a día palabras en ese idioma e introducirlas de manera automática en mi vocabulario. De momento, después de siete años, no lo he logrado.

—*Egun on,* Sylvie. ¡Qué día de otoño más bonito!

—Tendremos que aprovecharlo, vamos a tener pocos como este.

Comenzar hablando del tiempo es una cuestión de educación no escrita por estos lares.

—¿Qué tal estás? Ayer no bajaste con los huevos.

Ya ha puesto encima de la mesa la frase indirecta para que, de manera muy correcta, le hable de C. No voy a hacerlo, ni con agua hirviendo sobre mi piel lo conseguiría.

—Tampoco vi a tu marido. Le esperaban en el ensayo y no apareció —añade.

Habla como si no quisiera dar importancia a su monólogo, y para acentuar el teatro se mueve por la tienda colocando un bote de conserva aquí, un paquete de caramelos allá. La ignoro. Sigo metiendo los huevos en las hueveras. Si Itziar continúa con su soniquete, pasará a tener el honor de llamarse Z, a secas, en mi relato. Pobre, no se merece que la llame zorra, ya que vive para trabajar y cuidar a la cascarrabias de su hermana. Seguro que es virgen. ¿Cómo será vivir sin haber tenido sexo con nadie? ¿Se masturbará? La miro de reojo. Compruebo que ella también lo hace. Enseguida deshecho ese pensamiento tan estúpido; seguro que ni se toca.

—¿Cuántos huevos traes?

—Tres docenas.

—Pues toma, aquí tienes cien pesetas.

—No me des el dinero, necesito galletas y cereales.

Podría alimentarme como los bebés o los viejos, de leche, galletas, cereales y tostadas con mermelada y mantequilla. De repente, adivino un atisbo de alegría: no voy a tener que cocinar para C nunca mááás. Alargo la «a» y la saboreo porque se me pega al paladar de lo dulce que es, como un higo madurado al sol.

—¿Necesitas algo más, Sylvie?

Su pregunta flota en el aire a la espera de que yo la recoja. Creo que está preocupada de verdad. Podría hacer un trato con ella; si me cuenta su vida sexual, yo le digo que C se ha largado. Pero hoy no me apetece una dosis de realidad, seguro que se me atraganta, y, como el día no va nada mal, le respondo que todo va de maravilla. Las dos sabemos que la respuesta es más falsa que la sonrisa de su hermana, pero qué se le va a hacer, dejaremos las revelaciones en un rincón.

Me despido de manera rápida mientras Itziar me sigue con la mirada mojada en lástima. Cruza la chaqueta azul oscura a la vez que sus brazos y se queda así, abrazada a ella. Puede que sean los únicos abrazos que recibe.

Tengo que ocuparme de manera urgente de los detalles prácticos. Entro en la entidad bancaria con la cartilla de ahorros en la mano. Sin querer, mientras espero mi turno, la retuerzo como si fuera el cuello de uno de mis pollos. Respiro de manera pausada cuando el oficinista mete mis datos en el ordenador y me informa del estado de las cuentas. Falta exactamente la mitad del dinero. Observo al jovencito de ojos azules y granos en las mejillas que me informa de las novedades; no puedo evitar pensar que no conseguirá echar un polvo gratis hasta que ese acné desaparezca. Parece un buen chico.

Me marcho preocupada del banco. Mi estrenada independencia se agria por momentos. Decido darme un festín y compro una tableta de chocolate y unas magdalenas hechas con mantequilla para endulzarla. Me despido nuevamente de Itziar. Hoy estoy de suerte porque Asiera no ha aparecido todavía; quizás la ha palmado.

Donde la magia exige, ordena y espera de una forma automática las consecuencias de sus actos, la religión ora, suplica y confía en ser atendida. Donde la magia pone en juego las fuerzas naturales, la religión lo hace con las divinas. Si unes las dos, puedes tener todo.

—¿Quién te odia?

Prados, una granja, una casa de tres plantas, un tractor, dos coches, un *quad*. Olía a pasta, un anuncio de neón en un pueblo de puertas cerradas, toque de queda a las nueve, en verano a las diez, sin bar, ni casa rural ni sociedad ni frontón. La única tienda, la suya.

—Nadie —me contesta mientras me pasa el dinero en billetes de mil.

—Eso es imposible. Hazme una lista de nombres y razones.

—¿Ahora?

—Los primeros son los importantes.

Apunta un nombre y me lo da.

—¿Quién es esta? Dirección.

—Es mi hermana. No tenemos trato.

—¿Por qué?

—No sé… Pregúntaselo a ella, así me entero.

—Pero, si es tu hermana, debe de ser muy vieja; quiero decir que no la veo yendo al establo y cortando el cuello de tus vacas.

—Lo que tú digas no tiene importancia; ella se ocupa de matar sus animales y, cuando lo hace, no le tiembla el pulso.

Hecha una bola de nieve, entro en el cobertizo de las ovejas. Las detesto. Se salvan los corderos recién nacidos, tan torpes como ruidosos. Es en ese momento, mientras limpio con el rastrillo sus mierdas, cuando decido venderlas. C se ocupaba de ellas y yo sola me declaro incapaz. Estoy cansada. Tal vez compre un burro; la bicicleta definitivamente no es para mí.

Los días se suceden sin que nada interrumpa su marcha. Mi tiempo es un mar inmenso, oscuro, difícil de abarcar. Estoy perdida. Solo me queda rezar, pero Dios parece estar demasiado lejos.

Vuelvo a leer. Decido hacer unas estanterías con unos palos de avellano. Hago un cuadrado y ato las esquinas con unas cuerdas de esparto. Cuando lo alzo, se convierte en una forma achatada y sin gracia. No me desmoralizo, repito la operación tres veces más. Consigo cuatro cuadrados, los superpongo unos encima de otros y uno los vértices. Sigue deformándose. Hago una cruz clavando unas puntas en el centro y en los extremos del marco. Parece una ventana. La vuelvo a alzar y, antes de apoyarla en la pared, se desarma. Me quedo con un palo en la mano. Tengo ganas de pegar a alguien o a algo. Golpeo con el palo un escalón con una rabia desesperada. Don Quijote entra por mi boca y grito: ¡Traidor, descompuesto, villano, infecundo, deslenguado, atrevido, desdichado, maldiciente, canalla, rústico, patán, malmirado, bellaco, socarrón, mentecato y hediondo!

Cuando me calmo, arrojo a la chimenea mi estantería de diseño rústico. Subo al cuarto de invitados-trastero y dejo caer mis libros por el hueco de la escalera; no tengo paciencia para subir y bajar. Los apilo de cualquier manera en el salón.

Me huelo el sobaco. Apesta. Últimamente, mi higiene personal está bastante abandonada. ¿Y para qué me voy a lavar y, menos aún, arreglar? Conforme me levanto por la mañana, de la misma manera me acuesto por la noche. La mancha de aceite del jersey seguirá en el mismo lugar sin que nadie haya observado su presencia, como tampoco seré advertida del moco seco que se adivina en el orificio de mi nariz. Me doy cuenta, pero a mí no me molesta ni pizca. Llevo dos semanas sin bajar al pueblo, el mismo tiempo que llevo sin asearme. A las ovejas parece gustarles, parezco una más, fundida en mi disfraz de mugre.

Dos veces he sido abandonada: una por ti, otra por mí.

«El cuerpo del difunto será tocado por última vez para limpiarlo. Después, se le cerrarán los ojos y la boca para no llamar a la muerte de nuevo».

William A. Douglass, *Muerte en Murélaga*

Me acerco a la casa de la hermana de Asiera. La veo en el balcón quitando las hojas secas de los geranios. Parece un cuervo rescatado entre la marea negra. Me da por pensar que, si la siguiente generación siempre mejora a la anterior, cómo serían sus padres: un papá buitre y una mamá urraca. Desde la calle le doy los buenos días.

—¿Qué quieres?

—Hablar.

—¿De qué?

—De tu hermana.

—No tengo.

Me echa unas cuantas hojas secas a la cara. Escupo, respiro hondo y vuelvo a preguntar:

—El otro día te vieron rondando su granja —mentí—. ¿Qué estabas, de visita?

—Jamás pisaré ese sitio.

Estaba equivocada, cuando se asoma no es un cuervo, es un buitre cuyo pico brilla al sol. La primogénita salió al padre.

—¿Puedo subir?

Sonríe y, sin dejar de mirarme, retrocede y cierra la puerta del balcón.

Me siento en un banco de la plaza y hago malabares con dos manzanas caídas. Es época de sidra y las manzanas se amontonan en el suelo.

—Nunca te invitará a casa.

La voz hace que me vuelva. Detrás de las rejas de un balcón, veo la silueta de una mujer sentada. Su cara me suena. Creo haberla visto en el Urgain jugando al mus.

—¿Me compras un paquete de Marlboro en la gasolinera?

No le contesto.

—¿Por favor?

Niego con la cabeza y miro hacia otro lado.

—Pero ¿qué te cuesta?

Con mal genio, le respondo:

—¿Qué pasa, no tienes piernas?... —le pregunto, a la vez que le tiro una manzana.

—No.

—No... ¿qué?

—No me has dado y no tengo piernas.

¿Y si vuelve y me ve con estas pintas? Su mirada escrutadora, siempre crítica, reconocería con un simple vistazo cientos de defectos. Llegaría arrepentido, deseoso de lanzarse a mis brazos y comerme a besos. Claro que mi olor le echaría para atrás. Esparzo el heno con rapidez en el comedero de las ovejas y tiro el cubo de plástico verde a un rincón. En mi interior visualizo con claridad como se acerca por el camino, silba una canción mientras mordisquea una hoja de menta. En una carrera contra reloj, me descalzo en el porche y dejo las botas de caucho de cualquier manera, con el estiércol y el barro pegados a sus suelas. Enciendo el calefactor de aire y el termo eléctrico. Lo pongo en la rueda de media capacidad para que el agua se caliente más deprisa. Meto toda mi ropa directamente en la lavadora, incluido el abrigo. El agua templada me sorprende sobre la cabeza. Lanzo un sonido gutural de satisfacción. ¿Qué estoy haciendo? ¿Por qué me abandono de esta manera?

Casi puedo oír tus pisadas entre las hojas secas del viejo castaño de la entrada. Estoy tan contenta que podría levitar.

Las sombras cubren el prado y el monte. Oigo la lechuza burlándose: tontaaaaaaaaaa. Juan Gelman me susurra: «La esperanza fracasa muchas veces; el dolor, jamás». Lloro un rato mientras veo un programa de televisión.

Tú la detestabas y, salvo las noticias de la ETB y los documentales, no le hacías caso. Fue harto difícil conseguir una señal decente una vez que nos hubimos instalado. Al final la antena quedó colocada en lo más alto del nogal de la ladera sur. Yo, dentro de mi amor por la decoración, la pinté verde oscura para que no llamara la atención.

Es mi mejor compañera. La enciendo cuando me despierto, y si me acuerdo la apago. A veces se queda encendida toda la noche. Es un estupendo somnífero. Cierro los ojos y oigo el murmullo de las conversaciones entrecortadas, imagino que en realidad son invitados que, no queriéndome despertar, hablan entre susurros mientras se toman un café en la cocina.

Cierro la puerta para que no entre el viento. Se enfada y silba fuertemente. Desde esta cama de musgo, descubro que a la noche y al viento no se les deja fuera, se cuelan por donde quieren.

Pienso dónde estarás.

Ojalá nos hubiéramos quedado en Pamplona. En la Volkswagen ganabas bien. No te importaba estar en la cadena de montaje de los retrovisores, decías que tu cabeza nunca estaba ahí, sino en tus rimas. Siempre en euskera, para eso habías estudiado en la ikastola. A mí me gustaba dar clases de EGB. Te hacía gracia mi acento francés. Con el tiempo detestaste que no supiera euskera. Para paliarlo, fui una ama de casa de manual: no grites, sé comprensiva, la comida a su hora en la mesa, no digas palabras malsonantes, la casa limpia, la huerta sin hierbas, sexo a demanda.

Rodeada de noche y viento, no encuentro un faro que me guíe entre las estrellas. A través de la ventana parecen muertas, ahogadas en ese cielo de fango.

Ya no volverá. La claridad del pensamiento me sorprende de madrugada. El dolor de la aceptación es brutal y me golpea la boca del estómago. Encojo mi cuerpo todo lo que puedo. Gimoteo. No encuentro consuelo para mi pena.

Hoy no me he levantado del colchón.

He meditado la multitud de razones por las que debo seguir adelante, pero que les jodan a las obligaciones, a las ovejas, a las gallinas, a la masa de pan que aguarda en la encimera, a las telarañas que observo colgadas del techo, a las bolas de polvo del rincón de la puerta: que se jodan. Pienso quedarme en la cama y morirme de asco. ¿Qué he hecho mal para que se vaya? Si la única que ha dejado todo soy yo. Abandoné mi trabajo, mi país, a mi familia, la ciudad, a las amigas; me faltó abandonarle. Porque soy una inútil, una mujer con collar de perro, siempre pendiente de una caricia, de un «¡muy bien, bonita!». Lo doy todo por que me saquen a pasear y lucirme al lado de mi amo.

Paso el tiempo pensando en mi cuerpo herido.

Byron araña la puerta y sus lamentos despiertan mis remordimientos. Decido morirme otro día y abrirle la puerta. Desayunamos juntos mientras le cuento la última película que he visto.

Octubre llega en un suspiro y me doy cuenta de que tengo que prepararme para el invierno. Contemplo con resignación las castañas caídas en el monte. Lleva varios días sin llover, pero sé que este tiempo no durará. Cojo la cesta, la vara de fresno y el *tsardeak*. Vareo los castaños hasta que me quedo sin fuerzas. El bosque detrás de la casa es, en realidad, un enorme castañar, y me abruma la cantidad de castañas que dejaré pudrirse. Las recojo una a una con la pinza del *tsardeak* y las voy echando en el cesto. En el único claro del bosque está la ericera. Camino alrededor del cerco de piedra circular y veo que está en buen estado. Vuelvo a colocar en su sitio alguna piedra caída y compruebo que la puerta cierra bien. El trabajo es duro y con los días me doy cuenta de que me hace bien estar ocupada. Las horas de luz todavía son largas, por lo que las jornadas se prolongan hasta casi entrada la noche. Cuando llego a casa, solo tengo tiempo de una cena frugal y me derrumbo en el colchón tirado en el suelo del salón. No tengo fuerzas para encender la televisión. Solo rezar antes de acostarme.

Los frutos con sus erizos llenan el almacén y solo me queda por cubrir el techo con ramas de avellano, helechos y matorrales con espinas. Después de dos días, compruebo satisfecha mi trabajo. Los animales del bosque tendrán difícil acceder a las castañas.

La luz enmascara la soledad. La noche trae consigo otros temores que me aterran. Ese miedo a estar sola, a la oscuridad, al frío, a la humedad, a los ruidos. El silencio ficticio del bosque, el frío silencio, es cruzado como un látigo por las castañas que ruedan por la ladera. Me parecen personas que se deslizan con sigilo. Me asusto. Dejo que Byron duerma conmigo.

Por la mañana voy a la lechería de Mugaire. Antes, entro en la iglesia. Me santiguo y contemplo el cuerpo de Jesús crucificado. Hablo, rezo. Él no sabe de mi dolor. Trato de que me entienda y me ayude. Rezo el rosario.

No hay testigos para la soledad. Mi días pasan inadvertidos sin nadie que los recuerde. Me asusta y por ello no ceso de escribir y leer.

«Los avisos de muerte no siempre son impersonales. La viuda que no oye el canto del cuco antes del primero de mayo puede estar segura de que está viviendo el último año de su vida. Durante la misa mayor del domingo, cuando en el momento de la consagración el monaguillo toca la campanilla, si el reloj de la torre empieza a dar la hora, una sensación de desasosiego recorre a los fieles. Para alguno de ellos significa la muerte segura. Para evitarlo: introducir clavos de hierro en un limón y colocarlo en la habitación mientras se rezan diez padrenuestros y diez avemarías».

William A. Douglass, *Muerte en Murélaga*

Desde la ventana tira un billete de cien pesetas sujeto con un par de pinzas de la ropa. Cae cerca de la zanja que han abierto por toda la acera. Entiendo la razón por la que no puede salir: que no tenga piernas no ayuda; que haya un socavón justo en la puerta de su casa, tampoco.

A la hora de pagar el paquete de tabaco, Asiera me interroga con la mirada sobre si tengo alguna pista sobre quién ha matado a sus vacas preferidas. Doy un par de golpes al reloj haciéndole ver que todavía es pronto para obtener un resultado.

Paso la carretera que divide el pueblo en dos y, desde el comienzo de la calle paralela a la trasera de la iglesia, veo unas manos sujetas a los barrotes.

Sé que me mira desde su atalaya, por lo que salto la zanja con agilidad, quizá con demasiado impulso, puesto que las puntas de mis pies golpean la puerta de su casa y el efecto rebote hace que me desequilibre y a punto esté de acabar en el socavón.

—La puerta está abierta —dice una voz desde arriba—. Un poco más y la puedes abrir de un cabezazo.

Las escaleras son anchas. En la pared izquierda, a media altura, hay una especie de raíl que termina al final de las escaleras en una silla ortopédica. Abro la puerta del vestíbulo y me encuentro un amplio salón bien iluminado, de techos altos.

—Me llamo Mari.

Está en el suelo. Las piernas son delgadas, muy cortas, desproporcionadas para el torso y la cabeza.

—Ese nombre no es de por aquí —digo, y le tiro el paquete de tabaco. Se me desvía un poco a la derecha. Ella lo agarra con una mano en un reflejo digno del mejor portero, aun así la cabeza le vence y cae de lado.

—Sylvie tampoco —responde a la vez que vuelve a sentarse y enciende un cigarrillo.

—Ya veo que sabes mi nombre.

—Es lo que tiene que te abandonen. Un escándalo. Y más si es el *bertsolari* más famoso del valle de Baztán.

—A eso lo llamo un golpe bajo. Pero claro, es normal, en tu estado y con tu altura es el único golpe que puedes dar.

Mari sujeta el cigarrillo en la comisura de los labios y se arrastra impulsada con las palmas de las manos hasta la puerta del balcón. Me da la espalda y expulsa el humo entre las rejas. De repente, le da un ataque de tos. Me preocupo. No sé si dar un paso hacia adelante o uno para atrás. Lo único que quiero es que se le pase, me horroriza tener que hacer el boca a boca. Enseguida compruebo aliviada que la tos viene provocada por su risa.

—Nena, eres muy rápida —me dice a la vez que se seca las lágrimas.

La miro detenidamente: tiene el pelo castaño, por encima de los hombros, ondulado, al estilo de las actrices de los años veinte, sus ojos brillan mientras ríe. Rio con ella.

—Soy francesa.

—Se nota por el acento. Yo extremeña. En realidad me llamo María de los Milagros, pero de milagros nada. Mis padres creyeron que después de tres hijos muertos ese nombre me protegería, pero la polio no atendió del todo sus ruegos.

—Extremadura está un poco lejos de aquí.

—Mi padre vino a trabajar en el monte, a cortar madera.

—¿Y por qué Mari?

Apaga el cigarrillo en una maceta que hace las veces de cenicero y se arrastra hasta una puerta doble en la pared izquierda del salón. La empuja con gran ceremonia.

Miro por encima de ella y mi boca se abre como un pez. Es una habitación pequeña forrada de libros. En medio, un colchón en el suelo cubierto por una colcha blanca decorada con flores rosas y almohadones a juego.

—Me llamo Mari en honor a Mary Shelley. Me inventé un espacio, una especie de vida interior hecha de pedazos de vidas ajenas. Y esto es el resultado.

—Este lugar es tu Frankenstein. Joder...

—¿Has hablado siempre tan mal?

—Solo desde que me dejó con una nota sobre la mesa. Lo que más odiaba era que se dijeran tacos en su presencia. Creo que me hacen bien. Sí, me gustan.

—Hay que ser muy cobarde para dejar a alguien sin mirarle a la cara.

—Era una anuncio en el que se alquilaba maquinaria agrícola. Tenía dibujado un tractor —digo mientras miro a mi alrededor hasta que me mareo y caigo al suelo frente a ella. Nuestros ojos se cruzan y volvemos a reír.

—¿Era grande?

—¿El qué?

—El dibujo del tractor.

—Ocupaba media hoja. Y la frase publicitaria, casi la otra media.

—No quedaba mucho espacio para escribir. Un *bertsolari* que no sabe qué decir. Es muy cruel.

Asiento con la cabeza.

—Parece que vives en una biblioteca —murmuro, cambiando de tema.

—Es mi *hobby*. Soy la única superviviente de un leñador y una ama de casa. Tengo mi pensión, la casa pagada, mi único vicio es el tabaco. Ven siempre que quieras. Pero no presto los libros, puedes leerlos aquí.

—Qué bien se está aquí.

—Este espacio nunca cambia. Da igual el exterior. Por aquí las personas son cajas fuertes ambulantes, no hay manera de que se abran. Siempre me he sentido extranjera. Ahora ya no me importa, pero de adolescente sufrí, solo quería agradar y que me aceptaran.

—Byron dijo que tenía el mundo ante él. Aquí está el tuyo.

—No tuve más remedio. Los habitantes del valle se remontan a siglos atrás. Puedes seguir su rastro genealógico sin problema.

—La raza autóctona.

—Exacto. Nunca venderán ni tierras ni casas a los de fuera. No se fían. Por eso, cuando la empresa le vendió la casa a mi padre, nos hicieron el vacío. También está el miedo a los de fuera. Por cierto, me gusta Byron —dijo con gesto triste.

—Tengo un perro que es cojo y se llama Byron.

—Muy original.

Durante un instante no dijimos nada. El tiempo necesario para reconocernos en la otra y nuestro adversario común: los demás.

—No puedo venir mucho. Seguro que sabes que vivo en una borda a cuatro kilómetros de aquí.

—Hay muchas habitaciones, tiene dos plantas más. Bueno, eso dicen. Aquí las casas no se abren, nadie es bienvenido. Somos náufragos en islas pequeñas.

La miro y le digo:

—Pero tú eres una isla con un puente.

—Eso es —responde satisfecha. Se impulsa y vuelve al salón.

—Ya veremos.

Mari no sabe que vivo en una isla y lo único que quiero es una pareja para compartirla. Si aquí se tiene miedo al de fuera, yo soy fuera. Algo que me es indiferente.

—¿Por qué querías hablar con la hermana de Asiera? —pregunta, a la vez que se sienta en un sofá al que han cortado las patas y me sirve café.

—Supongo que pasas mucho tiempo mirando por la ventana —digo sentándome frente a ella. El café está fuerte, le añado más leche y cojo un par de pastas.

—Lo suficiente para saber de todo un poco.

Tiene en la mirada algo que no he visto mucho por aquí, es lista.

—Alguien ha cortado el cuello a las vacas de Asiera. Lo investigo.

Mari se tapa la boca sorprendida:

—Eres detective. ¡Qué emocionante!

Asiento muy seria. Como si fuera una profesional. Omito que Miss Marple, Poirot, Maigret, Scarpetta, Holmes y Marlowe fueron mis maestros.

El vecino se ha pasado, preocupado ante mi vida de ermitaña. Grita desde el prado y con ello me avisa de su visita. Le aseguro que no hay ningún problema y él no oculta su desconfianza ante mi respuesta. Me anima a pasarme mañana a tomar café, ya que estará su mujer. Acepto la invitación no sin antes prometer un bizcocho casero en el horno de leña.

Su borda está a cuatrocientos metros de mi casa. La planta de abajo la utiliza como cuarto de baño, de aperos, establo, leñera y corral para las gallinas. Por una escalera exterior de madera adosada a la pared lateral, se accede al piso superior. Arriba, la parte izquierda la utiliza para almacenar la hierba y como secadero de quesos y productos fruto de la matanza del cerdo. A la derecha se encuentra una cocina y una estufa de leña cerca de una mesa con varias sillas; la única iluminación procede de una ventana dividida en dos hojas de madera sin tratar. Viven en Elizondo, pero Calixto, que ya está jubilado, pasa allí todo el tiempo que puede. Ángela, su mujer, lo suele acompañar cuando el clima es más benigno o tiene mucha faena. Es guapa, fina, de cabello blanco.

Ángela hace café. Coloco el bizcocho de frutos secos en la mesa y me arrimo a la estufa. Enseguida me acerca una silla y me invita a sentarme. Ellos son los únicos que saben que C me ha dejado.

—Pero ¿es que no piensa volver? —pregunta incrédula mientras la cafetera silba.

—Creo que no.

Todavía no he logrado borrar el *creo* de mi respuesta. ¡Mierda de esperanza!

—Será malnacido. Sinvergüenza. Dejarte aquí sola con todas las tareas por hacer...

Asiento como una niña pequeña. Me reconforta que alguien se preocupe por mí y de paso hable mal de él.

Calixto aparece por la puerta dejando tras de sí la humedad y la niebla. Se descalza y se pone unas zapatillas de cuadros marrones.

—Que dice la chica que su marido ¡no va a volver! —grita Ángela indignada, como si Calixto tuviera culpa.

Él asiente, al igual que yo, mientras se quita la *txapela*.

—Tantos versos le han llenado la cabeza de tonterías.

—¿Acaso sabes algo? —le pregunto sin mucha convicción.

Encoge los hombros como respuesta y después añade:

—No sé nada.

—Pero ¿algo se dirá en el pueblo? —pregunto temerosa.

Mira a su mujer buscando su beneplácito antes de contestarme:

—Que se ha ido con una de la ciudad que es maestra.

Todos callamos. No puedo asumir el enorme significado de esa frase, la dejo dormir en la recámara de mi cerebro hasta que madure, se pudra y desaparezca.

Ángela, siempre tan pragmática, nos sirve el café con leche y un chorro de coñac. De la alacena saca un táper de plástico con galletas y pastas y otro con el azúcar que se unen en la mesa a mi bizcocho.

—Tengo que tapar todo, los *sagutxos* enseguida encuentran la comida y dan buena cuenta de ella.

Cuando se marchan al pueblo, suele dejar la pila del fregadero llena de agua y en el centro un trozo de queso pinchado en un corcho; saben que a la mañana siguiente encontrará algún ratón ahogado. Ojalá pudiera hacer eso contigo.

—Quiero vender las ovejas, no me importa lo que me den.

—¿Piensas irte? Desde luego, sería lo más lógico.

Niego con la cabeza.

—Este es mi hogar, me gusta vivir aquí.

Omito que no tengo adónde ir.

—Una chica tan joven viviendo sola... Eso no es bueno.

—No os preocupéis, me las apañaré. De momento solo quiero deshacerme del ganado.

—Pero perderías dinero, están cubiertas y la mayoría preñadas; te darán más dinero cuando nazcan los corderos en invierno.

—No las quiero. Ahora estoy sola... y no puedo ocuparme de ellas.

—Nosotros podríamos ayudarte hasta que vendieras los corderos en Navidad.

—Gracias, pero no. Está decidido.

—Le diré a Jon que corra la voz y ya verás como pronto tendrás un comprador.

La palabras pausadas de Calixto con ese fuerte acento vasco me acunan y me dejo querer. Les doy una lista con los productos que necesito, por el momento no me apetece volver al pueblo.

La mañana es transparente y fría. El rocío de la noche sobre la colina del prado brilla con destellos de pequeños cristales, los abedules acompañan a la regata y se inclinan ante el viento helado; el sol se eleva y desgarra con espadas de oro una enorme nube negra. Contemplo extasiada los bostezos del bosque, una abubilla en la punta de un nogal que comienza a amarillear canta erizando sus plumas de la cresta, un milano planea sobre mi cabeza. Detrás de la casa oigo al ruiseñor, al jilguero, al pardillo, que cantan dentro de lo que adivino como una animada conversación. Pronto marcharán. Temo al invierno.

Jon aparece con el todoterreno. Es alto, de espalda cuadrada, pecho fuerte, manos enormes. Camina con la cabeza baja como si buscara algo que se le ha perdido. Su mirada huidiza, sombría, hace que mi mente fantasee con terribles secretos que guarda para sí mismo y que le atormentan. Después de todos estos años no creo que hayamos intercambiado más de un centenar de palabras. Sus padres tampoco cuentan nada de él, salvo que se dedica al ganado y a la administración de una casa rural. No sé nada de su vida personal, aunque un día Calixto comentó algo de que le habían engatusado y que ella no era trigo limpio.

—Hola, me ha dicho mi padre que vendes las ovejas.

—Así es.

Dejo el rastrillo y me acerco a él mientras me recojo el pelo con una goma azul.

—¿Cuánto pides? —me pregunta.

—¿Las quieres tú?

—Sí.

—¿Cuánto me das?

De una manera rápida, llegamos a un acuerdo. Le pido que me consiga un burro. Este animal representa mi libertad. Necesito huir de esta casa y de estos pensamientos que me destrozan. Si llega el invierno y me quedo atrapada aquí, me moriré.

Por primera vez desde que lo conozco, esboza una mueca que parece una sonrisa.

«Un miembro femenino de la familia prepara el cadáver. Lo lava con agua bendita y lo peina. Le viste con sus mejores ropas. Los ojos son tapados con gotas de cera de vela y la boca se cierra con un paño. Las manos, unidas sobre el pecho y cruzadas en un gesto de oración, mantienen un crucifijo de madera con dos velas cruzadas. Se enciende una vela bendita junto a la cabeza del muerto. Una bandeja lisa con agua bendita, en la que se pone una ramita de laurel, se coloca junto a la cabecera. El cadáver está ya preparado para recibir a los dolientes».

William A. Douglass, *Muerte en Murélaga*

—No sabía que Asiera tuviera una hermana. Es que no tiene lógica. Si es la mayor, debía haber heredado todo, y, sin embargo, la que tiene las tierras y propiedades es la mediana, y la pequeña trabaja para ella. ¿Tú la crees capaz de cortar el cuello a unas vacas?

—Esa no es la pregunta correcta; lo que yo me pregunto es por qué cortarles el cuello —apunta Mari.

Me recuesto en los almohadones de la cama. Anochece.

—Ni idea. Me tengo que ir —digo poniéndome de pie.

—¿Ya?

Su decepción me hace sentir bien, me valida como persona.

—Tengo a Lunar atado al roble del jardín de la iglesia. —Ante su extrañeza, le explico—: Mi burro. La bicicleta se rompió y... Es una larga historia. Todavía estamos conociéndonos.

—Ya me la contarás.

Mientras me calzo, Mari dice:

—Comentaste que en el establo había mucha sangre, ¿y pisadas? Eso nos daría una pista del tamaño del pie y hacia dónde se dirigía.

—¿Nos daría una pista? ¿Cómo que «nos»?

Mari junta las manos a modo de plegaria.

—Por favor, es lo más emocionante que me ha pasado desde que compré la primera edición de *Antología* de Gabriela Mistral.

—¿Y en qué crees que me puedes ayudar?

—Mi casa está en el pueblo y soy todo oídos.

Me agacho, como la gigante que soy, sobre la seta que me contempla con devoción.

—Lo pensaré —mentira, ya lo he decidido—. Parece una buena idea lo de la pisadas. ¿Sabes dónde puedo comprar eso que sale en la novela de Patricia D. Cornwell para que se ilumine la sangre?

— No tengo ni idea.

—Creo que se llama luminol. Su personaje, la doctora Kay Scarpetta, es forense en Virginia y utiliza técnicas nuevas.

—Olvídate, no estamos en Estados Unidos.

—Ya. Esto no se va a resolver con técnicas científicas. Debe de vivir cerca, se codicia lo que se ve.

—En los pueblos, se odia lo que se ve: busca a un vecino.

Decido acometer la limpieza del huerto. Lo que antes era la joya de la corona, ahora parece los restos de un vertedero vegetal.

Saco las cebollas del suelo de un fuerte tirón, las ato y cuelgo boca abajo de la viga mayor de la leñera, listas para que se sequen. Recojo los tomates maduros y dejo que las plantas que no he podado sigan creciendo a su libre albedrío. Mentalmente me comprometo a embotar el tomate a la tarde o, como mucho, al día siguiente. Arranco las matas de alubia verde con rapidez y rabia, ya que descubro horrorizada que el pulgón se ha instalado en ellas creando una colonia permanente, las tiro al lado del huerto en un hueco natural, sobre el que arrojo un chorro de gasolina. Pronto arde junto a la maleza y las malas hierbas que voy arrancando con la azada. Los cogollos, las lechugas y los puerros también van al agujero.

Los tomates podridos sueltan su agua avinagrada mientras pequeñas moscas se dan un banquete con ellos. Está visto que mi fuerza de voluntad todavía solo es eso, voluntad; me digo que de momento es un buen cambio, algo positivo. Intuyo que es un primer paso. Sin embargo, el remordimiento se abre camino y empuja mi optimismo para adentro, y pienso que no tengo perdón, dejar perder ese precioso huerto; podría haber comido todos los días ensalada, son buenas las vitaminas, hasta necesarias, me digo casi convencida; los tomates caen como una masa viscosa en el hoyo todavía humeante de los desechos del huerto.

Soy un desastre, como son los niños, los locos o los ciclones.

Cuando conocí a C, los amigos, la familia, las personas, entre las que me incluyo, dejaron de existir. Me fundí entre los brazos de C y ahora me es difícil despegar los trozos que me pertenecen para acabar el puzle. Me asusta no lograr averiguar quién soy, no la que los demás me dicen que soy, o incluso la que yo creo que soy; aquí en la oscuridad que habito hay alguien que llama con golpecitos, poco insistentes, es cierto, reclamando un lugar protagonista. La pregunta calla cuando enciendo la tele; buena chica.

Veo un programa de humor. Comienzo a reír. Una carcajada sale de mi boca de manera abrupta, escandalosa. Me sorprende su sonido alegre, vulgar, cantarín. Me doy cuenta de que es la primera vez en semanas que oigo mi risa. Esta carcajada me ha remontado a momentos más alegres en los que yo no estaba sola y tú vivías conmigo, cuando mis dedos buscaban el calor de tu piel, cualquier parte me bastaba; la muñeca, un dedo, el brazo, luego quería más, me volvía impaciente, y mi nariz se metía en el hueco de tu nuca y tu olor inundaba mi mente.

Mi piel necesita tu piel; mi boca, tu boca; mi lengua, tu lengua enredada en la mía. Ya casi no me importa que no sea la tuya.

¿Me quedaré siempre sola?

¿Alguien puede acostumbrarse a la soledad?

Siento cómo me marchito, el deseo me consume, lo aplaco, pero enseguida reclama su lugar en el cuerpo, se retuerce y protesta. Trato de animarme mientras me seco las lágrimas, me da rabia caer otra vez en la pena.

¿Será verdad que en algún lugar hay alguien para mí?

Me río de mí misma y disfruto de la caída.

Sin consuelo no hay salida, y yo voy a buscarlo.

Camino un par de kilómetros cuesta abajo hasta la nacional 121-A, justo donde se encuentra una área de descanso con árboles y la báscula de pesaje. No suelen parar muchos camioneros, prefieren el área de descanso de Narbarte o de Santesteban. Llevo en la mano una cerveza. Me he vestido con unos vaqueros y un abrigo. Estoy de suerte. Veo luz en una cabina. Golpeo con la mano el morro del camión y me retiro para saludar. Me subo en un banco del merendero y, sin apartar la mirada del camionero, bebo un trago. El viento húmedo del bosque afeita mi espalda y me lame la nuca y los tobillos. El conductor me sostiene la mirada a la vez que niega con la cabeza y me planta una foto en el cristal.

La ignoro. Me es indiferente si es el trinomio niño, niña, mujer sonriente; niña, abuelo, perro; mujer, gato y su puta madre. Antes de sentarme en el banco, me bajo los pantalones y me desabrocho el abrigo. Sigo mirando al camionero. Bebo un par tragos de la cerveza y deslizo el morro de la botella por mis pezones, luego bajo por el ombligo hasta que lo introduzco en mi vagina. El frío me excita, la saco y vuelvo a introducirla como un pene muerto, como el pene del poeta fugitivo. El camionero pega la frente al cristal y mueve rítmicamente el hombro. Me muestro generosa y continúo la representación a la que estoy acostumbrada con los hombres. No veo sus ojos, el vaho cubre el cristal y hace desaparecer sus contornos. Un fantasma se masturba frente a mí, o quizá yo soy ese fantasma reflejado en la ventanilla de un camión. Quiero irme, me impaciento, no se corre, saco el morro de la botella y le doy un trago. Me gusta su sabor salado, vuelvo a beber, me excito con el gusto a mí. Me masturbo con la mano mientras sigo bebiendo. El orgasmo llega pudoroso; ojos cerrados y gemidos en lenguaje de signos. Me subo los pantalones con lentitud sin alzar la cabeza. Antes de irme, arrojo la cerveza contra la ventanilla.

Cruzo corriendo la carretera y sigo corriendo por el camino ascendente hasta la frontera en que la luz de la báscula de pesaje desaparece, y pienso que ojalá me diluyera con ella. Conozco la oscuridad frente a mí, me asusta la que tengo en mi cabeza. Rezo y suplico vehemencia, temo el castigo que se me impondrá.

Estas noches, en esta casa solitaria, he soñado con la mujer que fui, cuando era libre e independiente y C todavía no existía. Me pregunto en la confusión del despertar si ha existido y si volverá. A veces, durante el día, la recreo, quiero que siga con vida, que no se desvanezca, espero que al vadear el riachuelo me la encuentre, la abrace y nos riamos como posesas. Hay instantes en que creo conseguirlo y en el espejo se me aparece la Sylvie loca, valiente y feliz. ¿Qué diría ahora si nos encontráramos frente a frente? Puede que la mirara y fuera cuanto soy ahora; no tengo remedio, me miento incluso en el diario. La única verdad es que la Sylvie del pasado se avergonzaría de mí.

Él tenía amigos, cenas, conciertos, trabajo. ¿Y yo? ¿Qué soy sin él?

A veces sueño que C me deja y se va a vivir multitud de aventuras. Me despierto y descubro sobresaltada que es real y me desangro por dentro. Esta noche toca llorar y me abandono desesperada.

La vieja casa cruje bajo el viento.

Tras siete años en pareja es difícil competir con las fantasías del otro, sobre todo cuando se trata de otra mujer. Siempre será más joven, de culo prieto, pechos sin caer, siempre dispuesta, nunca enfadada, tu esclava para lo que quieras. La huida se antoja fascinante, los cantos de sirena ofrecen una patada en el culo a la rutina que ahoga.

Si dejamos un cuchillo boca arriba, las almas del purgatorio sufrirán. Hay que darle la vuelta lo antes posible.

El teléfono suena. No recordaba ese sonido. Me doy cuenta de lo aislada que vivo, aislada de todo. Sin amigos, sin familia. Descuelgo. Es Mari.

—Vas a tomar el café con la hermana mayor de Asiera.

—¿Cómo lo has conseguido?

—Me debía un favor. La toma de agua de su casa sale de mi tubería. Ven mañana a las tres.

La casa del cuervo es oscuridad. Quizá en un empeño de que no entre la belleza del exterior y ocultar su cara de buitre. Todo en esa casa es monosílabo y singular: una mesa, una silla, una radio. Parece una celda de clausura.

Josefina abre los postigos que dan al balcón.

No me ofrece café ni la silla para sentarme.

—¿Qué quieres?

—Asiera cree que has matado sus vacas preferidas.

Me da la espalda, sale a la terraza. Se dedica a su pasatiempo preferido: retirar las hojas secas de los geranios.

—¿Y te dio una razón para ello?

—Dímela tú.

—No tengo.

—Eres la hermana mayor. Debías haber heredado de tus padres. No entiendo que ella tenga todo. Tienes motivos para odiarla y para matar a sus vacas preferidas.

Se vuelve. Parece la bruja de Blancanieves. Esa nariz me hipnotiza, imagino una gallina picoteando el suelo.

—Mi hermana no ha heredado nada porque nuestro padre todavía vive. Está ingresado en el asilo del padre Menni en Elizondo. Y se ha terminado el café —dice con ironía.

—Toda mi teoría es incorrecta —argumento en casa de Mari.

—No del todo. Aunque el padre viva, la hermana gestiona los bienes. Deberías ir a ver al padre.

—Pero será muy mayor.

—Eso seguro —añade Mari—. Pero, con un poco de suerte, todavía le rige la cabeza.

—Me voy ahora. El autobús llega en diez minutos. No puedo estar todo el día subiendo y bajando. Vivo demasiado lejos.

El asilo de ancianos del padre Menni es un bonito edificio rodeado de jardines. Se creó durante la Guerra Civil como clínica para mujeres con enfermedades nerviosas. Pregunto por el señor Ibaerretxea. Me informan de que está merendando en su habitación.

El padre de Asiera está tumbado en la cama. La auxiliar introduce la merienda con una jeringa a través de una sonda en la nariz, mueve la garganta con gestos repetitivos como una boa constrictor tragando un ratón. Contengo una náusea y salgo.

Jon se lleva las ovejas y me trae un burro.

Noto su tacto al depositar los billetes en mi mano. El latido de mi corazón cruza el pecho y termina en mi sexo. Dejo que se instale y aumente su ritmo y poder. Me estremezco y, por vergüenza, no oso levantar la cabeza. Jon, para variar, no se da por aludido; mira con interés la hierba. Dos tontos mirando el suelo.

Observo su espalda ancha mientras arrea a las ovejas para que suban al remolque. Me informa de que necesitará varios viajes. Dentro de mí salto y aplaudo. Antes de irse, le doy los huevos acumulados durante días para que se los entregue a su padre. Coge la cesta de mimbre como si quemara. Espero su vuelta limpiando el cobertizo donde a partir de ahora se alojará mi burro. Saco el ciemo de las ovejas con la horca y pienso con placer que no volveré a hacerlo.

Jon llega en su tercer y último viaje y yo todavía estoy llenando carretillas de estiércol. Mi aspecto no es el más apropiado para recibir a la única visita decente de sexo opuesto que se ha pasado por mis dominios desde que C se fue; llevo las botas de agua manchadas de mierda y paja, camino de manera lenta y pesada, ya que el barro se ha unido a la bonita mezcla y me impide caminar con agilidad, el jersey de punto azul con dibujos de ochos de C es grande y alcanza en su parte inferior las rodillas; las mangas se solucionan de una forma sencilla: dos vueltas en los puños. A ello no ayuda que, gracias a mi alimentación, he adelgazado hasta el estado en el que me encuentro, desaparecida dentro del jersey.

—Deberías guardar el ciemo. Te vendrá bien para preparar la tierra después de los fríos.

Aprovecho para apoyar la carretilla en el suelo, mi vitalidad fingida desplegada delante de él acaba con mis últimas reservas.

—¿Y cómo lo hago?

—Acumula el estiércol en un montón en un lugar apartado y lo cubres con un plástico. Se descompondrá de manera natural y tendrás un magnífico abono para el huerto.

No se ofrece para acabar la faena de limpieza, ni tan siquiera para ayudarme. Mi cuerpo dolorido acusa el cansancio de llevar y traer la carretilla, además de caminar por el terreno pesado e irregular de los alrededores del cobertizo. Tuerzo la boca, decepcionada. Me doy cuenta tarde de que he enrollado entre mis dedos una de las trenzas sin quitarme los guantes, tengo estiércol de oveja en el pelo. Deprimente.

Trato de olvidar su falta de caballerosidad y pregunto:

—¿Y el burro? ¿Qué hago con él? ¿Algún consejo? ¿Qué le doy de comer?

Tengo que levantar la voz, ya que el balido de las últimas ovejas en el remolque es ensordecedor.

—De momento deja pastar a tu burro el tiempo que quiera, la comida mejor es la natural, eso los hace fuertes. Tú puedes proveer a tu burro con buen pasto todo el año con estos magníficos prados que tienes.

Durante un instante se queda inmóvil mirando los fresnos que delimitan la regata.

—Qué bonito es el sonido del aire entre los árboles.

—Sí, es verdad.

—A la tarde, si puedo, me paso y te explico cómo cuidarlo.

Me sorprendo. Desconocía que Jon pudiera articular dos frases seguidas. Decido acabar de limpiar el cobertizo mientras mi burro pace alegremente y, en un alarde de puro optimismo, me ducho, cocino unos espaguetis con tomate y limpio la planta baja.

El todoterreno de Jon aparece de repente, pero el ladrido de Byron ya me ha avisado; lo justo para sentarme en el tocón, coger las agujas de tejer y seguir haciendo lo que parecía una bufanda. Levanto la mano, él baja la cabeza; intuyo que es su modo de saludar. Lleva una botas de monte, un pantalón azul de trabajo y una sencilla camiseta de algodón gris con las mangas enrolladas. Sin levantar demasiado el rostro, abre la valla de madera y se encamina hacia el burro.

—Es un burro de pelo rucio, de tres años, muy dócil, lo montaban los críos del dueño.

Como si le entendiera, el burro rebuzna de manera escandalosa.

—Y canta mejor que muchos famosos —añado de buen humor.

Jon responde a mi sonrisa antes de entrar en el cobertizo y le echa un vistazo.

—Colócale una manta o un abrigo en invierno para prevenir que se resfríe. A los burros no les gusta el viento o la lluvia, el agua se filtra por su pelaje. Coloca paja en el suelo para que esté bien, especialmente para los meses más fríos del año.

—¿Pueden ser helechos? Es que en el camino a Belate están las metas que mi..., bueno, ya sabes..., apiló.

Jon ignora mis problemas a la hora de hablar de C y me contesta:

—Los helechos van muy bien como cama. Debes cuidar que no existan huecos entre las piedras de modo que el burro no agarre un resfriado. ¿Ves?, como aquí —dice señalando la pared norte.

Asiento como una buena alumna. Él no sabe que ahora el burro lo es todo.

—Este cobertizo va muy bien para el invierno. Me gusta.

—¿Y si no hay hierba suficiente?

—Si los pastos están agotados, con las zanahorias, así como las sobras de vegetales y un bloque de sal para que lama, será suficiente.

Me gusta la voz de Jon. Le miro muy atenta invitándole a que siga.

—Mantén el área de alimentación limpia para evitar cualquier posible contaminación o problemas con gusanos.

—¿Eso es todo? Parece fácil.

—Deja que estos días se habitúe a su nuevo hogar y una vez que haya pasado su fase de adaptación, deberás entrenarlo.

La oscuridad llega. Solo resplandecen los focos de la báscula de pesaje. Cierro los ojos y recuerdo la escena con el camionero. Esa noche tengo mi primer sueño erótico con alguien que no es C. Me despierto excitada. Pero ahora estoy confundida. Si C era mi vida, si, como le aseguraba, sin él me moriría, ¿cómo es que las manos y la lengua de Jon han sido las únicas protagonistas de mi orgasmo posterior?

Pido perdón y prometo ser buena. El domingo volveré a misa.

Preparo una infusión de amor con manzanilla, romero, tomillo y pétalos de rosa. La tomo pensando en Jon. Él pensará en mí y no podrá quitarme de su cabeza.

El diablo colecciona pestañas. Se considera mal augurio si se cae una pestaña. Para espantar la mala suerte, había que coger la pestaña, ponerla en el dorso de la mano y arrojarla por encima del hombro izquierdo, o bien ponerla sobre la punta de la nariz y soplar.

El padre de Asiera termina de merendar.

—Vaya banquete, ¿eh? —dice la auxiliar—. Ya está listo para viajar al espacio, porque esa manera de comer es de astronauta. —Sonríe y me guiña el ojo, cómplice.

La ignoro. Contemplo una foto que tiene en la mesilla, un hombre y una joven. La cojo y se la enseño a la auxiliar, que termina de recoger los materiales de la merienda.

—¿Quién es?

—Su hija. Viene todos los días a verle.

No salgo de mi asombro, jamás pensé que Asiera fuera de esas.

—Tiene tres hijas.

—La mayor le quiere mucho, no como las otras, que nunca vienen.

Vuelvo a mirar la foto detenidamente, y sí, es Josefina, esa nariz de aguilucho es difícil de esconder. Me parece extraño que tenga solo esa foto.

—Qué raro que no haya más fotos.

Se encoge de hombros. Le pregunto si está consciente.

—Tiene la cabeza muy bien para su edad. Si le hablas, en seguida se pone alerta y te escucha. Solo debes acercarte al oído izquierdo, que es el que le funciona —me informa antes de marcharse.

Me aproximo, no mucho, lo justo para que me oiga.

—Buenas tardes. Soy amiga de sus hijas.

La cabeza se mueve a un lado y me muestra la calva llena de manchas y unos pocos pelos aplastados por la almohada.

—¿Por qué solo tiene la foto de Josefina? —Le muestro la foto.

Nada. Huele a colonia de bebé.

—¿Por qué viene a verle todos los días? —insisto.

Abre los ojos y no puedo contener un grito.

Se vuelve hacia mí.

—El amor, la familia, lo es todo.

—Sí, desde luego. Tiene toda la razón.

Mueve un dedo y señala algo invisible.

—¿Sabe que Josefina vive en la pobreza y que Asiera gestiona todos sus bienes?

El anciano cierra la mano y da un manotazo a la foto. El marco acaba en el suelo con el cristal roto.

—Puta. Puta.

—Tranquilícese, por favor.

—Putaputaputa, hijadelagrandísima puta. *Cagüen* tus muertos.

—Perdone que le haya molestado.

Entiendo que no voy a resolver nada. Por un instante deseo que se muera, que se calle. Huyo de la habitación con el eco de sus insultos tras de mí.

Hoy no me ha molestado la niebla que aplasta los relieves del paisaje volviéndolos planos e irreales.

Solo pienso en Jon.

También pienso en ti.

Mientras desayuno, veo desde la ventana dos milanos planear en círculos sobrevolando el prado; esperan que abra la puerta del gallinero situado al lado de la regata y que salgan en tropel mis gallinas, para atrapar alguna. Acaricio a Byron y le hablo con cariño mientras decido dejarlas encerradas toda la mañana. Él me responde moviendo la cola de pura alegría, pronto retiro mi mano de su cabeza; me ha recordado a mí misma y mis reacciones de mujer-correa-de-perro. Dejo a Byron encerrado en el establo con el burro y me interno temprano en el bosque húmedo; sus ladridos lejanos pisan el silencio y me crispan los nervios.

Me acerco a los enormes nogales que están cerca del nido de guerra. Un súbito temor me ataca siempre que paso por esa construcción. Abandonada desde que desaparecieron los últimos maquis, parece una cueva camuflada en la loma, cubierta de hojarasca, hiedra, pequeñas ramas, piedras con líquenes, pero si te acercas compruebas que su interior está formado por ladrillos rojos. Me desvío todo lo que puedo para evitarla y prosigo mi camino. Compruebo satisfecha que los nogales están repletos de nueces con la piel arrugada de color marrón oscuro, agrietada, ya se adivina la cáscara. Comienzo recogiendo las nueces del suelo, hay muchísimas, de vez en cuando hago una pausa y aprovecho para estirar la columna y subir los brazos hacia el cielo. El saco de esparto se va llenando y todavía no he utilizado la vara para golpear las que están en los árboles. Pesa demasiado y, aunque lo arrastre, no quiero llenarlo más, decido volver al día siguiente.

Siento los músculos de los brazos, la espalda, los hombros, protestar por el ejercicio, al que no están acostumbrados. Gruñen doloridos cuando emprendo otra vez mi andadura hacia los nogales. El cuerpo acaba por fortalecerse con el trabajo cotidiano y acata con una fuerza renovada cada tarea asignada. Ahora tocan los avellanos que rodean el prado. Recojo las pequeñas avellanas, de gran sabor, con la seguridad de que en invierno disfrutaré de su fruto mezcladas en el yogur o con el chocolate derretido.

De madrugada, el aire se vuelve áspero. No soy nada. Estoy sola.

Rompo mi nombre en pedazos;
ni se mueven las copas de los árboles;
mi nombre se hace suelo;
los árboles le dan sombra.

Cada día tarda menos en caer la oscuridad y el calor del mediodía ya no calienta como antes, enfriado por las ráfagas del viento procedente del norte.

Dudo si sacrificar algunas gallinas, las más viejas. Con la llegada del frío dejarán de producir un huevo diario y serán un gasto y una carga hasta que llegue la primavera. Saludo al vecino, pero no me atrevo a preguntar por su hijo; dijo que me enseñaría cómo amaestrar el burro y han pasado dos semanas desde entonces. Me despido turbada y triste. Me muerdo el labio hasta hacerlo sangrar.

Me levanto temprano y voy al banco a ingresar parte del dinero de la venta de los animales. Me pone nerviosa tenerlo en casa. Pienso mil sitios donde guardarlo. Mil sitios que descubren y de los que lo roban.

El chico con acné me atiende muy amable.

—¿Tienes novia? —le pregunto sin pensar.

Me mira y enrojece.

—No.

Desvía la mirada y me planta el recibo para que lo firme.

—Aquí y aquí. —Señala con el dedo índice.

Tiene las manos grandes. Se muerde las uñas. Me excita la dualidad del hombre-niño. Me froto un muslo contra el otro.

—¿Algún ligue?

—¿Perdone?

—No sé, una sexo-amiga.

Abre la boca y no responde. Firmo el papel y le escribo en la mano una hora.

—Pasado mañana te espero en los baños del Señorío de Bértiz.

Me da el dinero en un sobre.

Es fácil comprar esperanza, dos días que pasarán de modo diferente hasta nuestra cita.

Mari me espera en la calle. Debemos ir por la carretera porque la silla de ruedas no sube las aceras. Por si acaso, dejo que ella vaya en la parte de fuera, yo me pego a la acera. La poca gente que nos cruzamos nos mira a nuestro paso.

—Se preguntarán qué diablos hacemos juntas —comento—. Les come la curiosidad.

—No te creas. Solo somos una anécdota. Tampoco me molesta. Ser diferente me hace única, hace tiempo entendí que eso era el principio de la creación.

—Sin variación no hay creación. ¿Y qué piensas crear?

—Puede que algún día sea escritora. Tal vez una novela de misterio a lo Agatha Christie. Podríamos hacerla juntas.

Aplaude feliz mientras me mira a la espera de que valide tu deseo. Le respondo con una media sonrisa. Pasamos el puente que conduce al jardín botánico. Me gusta pasear con Mari. Me hace sentir joven, guapa y con ganas de vivir. No le digo nada de mi cita. Tener un secreto hace que me sienta superior. Más si cabe.

Al día siguiente estoy arrepentida. No hago más que recriminarme.

Me pregunto por qué soy así.

Por qué lo hago.

Por qué soy capaz de quedar con un crío.

Decido no caer en la tentación y, por si acaso, no me lavaré ni hoy ni mañana. Tampoco me cambiaré de bragas ni de camiseta, ni voy a lavarme los dientes. Es una táctica que pienso que va a funcionar; será fácil explicar las razones por las que no vamos a tener sexo y pedirle disculpas.

El chico del banco me espera frente al baño de discapacitados. Lleva un pantalón de vestir, camisa y americana. Los zapatos están limpios, brillan bajo el foco del techo. Se ha peinado raya a un lado, aunque un par de mechones de pelo hacen la señal de victoria. Me enternece su mirada de cordero.

La loba se acerca hambrienta. Tras ella, un coro de demonios gritan su nombre. La presa da un paso atrás y choca contra la pared. La loba saliva profusamente, ya celebra el festín. Mete su mano dentro del pantalón del cordero y sujeta con fuerza su pene erecto. Sin soltarlo, abre la puerta del baño y cierra.

—Yo nunca...

La loba no quiere oír. Sus manos se mueven con una agilidad asombrosa y desabrochan el cinturón y le bajan el pantalón. En algún momento incluso un polvo dorado se desprende de las yemas de sus dedos. Comprende que no es una loba, es una maga dispuesta a asombrar a los presentes con su truco de magia. Sienta al conejo en el váter y se introduce el pene. Se sienta encima y se deja caer con un sonido gutural. Sujeta al conejo del cuello y cae con fuerza. La purpurina flota y da vueltas, forma serpentinas que se meten en los ojos, oídos y fosas nasales, donde explotan como los polvos pica-pica de la infancia.

Sí, mitad loba, mitad maga.

Le pido que me deje al comienzo del camino que lleva a mi casa. Le desprecio y me espanta lo que he hecho. Mentira. Me espantan las ganas que tengo de experimentar otra vez ese poder sobre alguien. Corto una rama de avellano y voy golpeando las ramas que invaden el sendero. La ira atenaza mi cuello, intento deshacerme de ella destrozando lo que encuentro a mi paso. En el tronco de un árbol aparece el rostro de mi madre. Ella me decía que tenía un tesoro entre mis piernas. Que lo guardara porque era mi arma para conseguir lo que quisiera. Ella no sabía que mi cofre nunca tuvo llave y que yo ansiaba un pirata que lo vaciara, era una carga demasiado pesada. Yo no quería ser virgen. Tampoco deseaba ser un acto morboso, una medalla para el pirata, un acto que recordar en la madurez. Nadie se lo merecía.

Con trece años odiaba el cofre y lo que representaba.

Recordé haber leído la expresión «sentí un palo en mi vagina» para describir la primera experiencia sexual, por lo que intenté desvirgarme con un palo de escoba, me parecía un acto rebelde, anónimo y vulgar, alejado del boato y la importancia que le daba mi madre. No me atreví. Esa falta de valor era un germen depositado desde la niñez, una herencia materna y que me acompañaría durante mucho tiempo.

El vecino yonqui del final de la calle hizo el trabajo. Me alegré cuando, años después, murió de sobredosis; ya nadie lo sabría.

Con la punta de la rama marco el árbol con el rostro de mi madre para, cuando llegue enero, cortarlo y hacer leña.

Para saber si te vas a casar, hay que pelar una manzana sin romper la monda, y para saber con quién, hay que tirar la monda por el hombro contrario y, al caer, Dios dejará la inicial de la persona con quien te vas casar.

Estoy en el establo. Ya no está el rastro de sangre. Decido andar por los alrededores y observar. Alguien tuvo que ver algo. Paseo por las calles del pueblo. En una de ellas veo un mirador con un espejo retrovisor. Me pregunto si será para espantar a los pájaros. Las cortinas se mueven y se adivina una sombra tras de ellas. Decido probar suerte.

—¡Buenos días!

No obtengo respuesta. Que no hable euskera es un problema. En este pueblo, si no lo hablas no te aceptan, eres extranjera, la de fuera. Incluso si lo hablas y no has nacido o no tienes un familiar oriundo del valle, también eres la de fuera.

Cojo la barra de pan del interior de una bolsa de tela colgada en el pomo de la puerta y se la muestro.

—*Egun on*. ¿Quiere que la suba?

Las cortinas vuelven a moverse, pero nada más. Decido preguntarle desde la calle. Una de las cosas que más valoran es la privacidad, el silencio.

—El otro día alguien cortó el cuello a las vacas de Asiera, la de la tienda de Oronoz-Mugaire, ¿vio usted algo?

Nada.

—Solo es por lo del seguro, para que lo pueda cobrar. Es que no tiene que haber duda de que no lo ha hecho ella. Y me preguntaba si usted, con ese mirador tan estupendo, sabe quién pudo ser.

Nada.

Tuerzo a la derecha, hacia la casa más próxima a la plaza. Una enorme puerta está abierta, dos ancianos sacan un tractor pequeño.

—Buenos días, el otro día cortaron el cuello a unas vacas. He intentado que la mujer del mirador con el espejo retrovisor me diga algo, pero no habido manera —grito, el ruido del motor es ensordecedor.

Uno de ellos lo apaga. Y yo lo agradezco con la mirada. Conocen el incidente.

—Si alguien ha visto algo, esa es la del mirador. Se pasa el día sentada tras las cortinas, el retrovisor es para saber lo que sucede al otro lado de la calle.

Veo que son hermanos por su gran parecido.

—¿Y podrían preguntar a sus mujeres si saben algo?

—No tenemos.

Contemplo el enorme caserío. En otro tiempo eran trece de familia, me dicen. La escuela hace años que cerró y ahora se ha convertido en un albergue del Camino de Santiago francés. Ahora lo que da dinero son las casas rurales, pero en este pueblo no están dispuestos. Prefieren que las casas se caigan a que queden a manos de los de fuera. No quieren perder su cultura. No quieren ruido por la noche.

Pienso que nada importará cuando el pueblo se muera.

Por primera vez en mucho tiempo he ahorrado. Los huevos, aunque poco dinero, cubren el pan diario, la leche y alguna tontería más; como duermo en el salón, ya no es necesario calentar la parte de arriba. He clavado con unas puntas unas mantas cerrando el hueco de la escalera; ahora el calor se queda en la planta baja, la sala se caldea rápido y utilizo menos leña. Descubrir que soy autosuficiente hace que me censure por haber dejado perderse las plantas del huerto. Hubiera podido embotar tomate, pimiento, alubia verde. Me prometo a mí misma ser responsable y organizarme mejor. La ericera está en perfecto estado, lo que me asegura castañas hasta bien entrada la primavera, acumulo nueces para todo el año, así como avellanas. También tengo bastantes cebollas, los ramilletes ya empiezan a amarillear y secarse por las puntas. Las patatas están bien, ya que C las recogió y extendió en barquillas para luego esparcir sobre ellas el polvo blanco que evita que se pudran. Tengo gallinas y, en cuanto llegue la primavera, compraré un gallo para tener pollos ricos y sanos. También voy a plantar en enero árboles frutales para hacer mermeladas en verano.

Mis ensoñaciones son interrumpidas por el ruido de un coche. Byron corre todo lo que puede, que no es mucho, ladrando de manera histérica. Dejo en el suelo la mochila de mimbre cónica pensada especialmente para recoger avellanas y, entrecerrando los ojos, trato de adivinar la identidad de mi visitante.

—Es necesario establecer confianza con el animal para que coopere. Muéstrate amigable pero segura cuando te acerques a él.

Le hago caso y entro en el cobertizo en busca del burro; a la vez que le hablo, sujeto una zanahoria en la mano.

—Tu lenguaje corporal y el tono de voz hablan de ti, el animal lo nota. Andas recelosa y tanto tus gestos como tus palabras delatan inseguridad. Prueba otra vez.

Asiento con una firmeza que no tengo. Me da miedo que me dé una coz o hacer el ridículo delante de Jon.

—Usa tu voz como la primera herramienta de entrenamiento indicándole algunas órdenes, como seguirte o retroceder.

—Ven bonito, ven aquí.

—Venga, Sylvie..., que no es un gatito. Tu voz debe sonar clara y consistente. La clave es la repetición. Durante esta semana, combina las órdenes verbales con premios, como zanahorias o manzanas pequeñas.

No dice mucho más. Me deja con la zanahoria en la mano. El burro me da la espalda de una manera escandalosa.

—¡Ah! Deberías ponerle un nombre o dejarle el que ya tenía.

—¿Y cuál era? —pregunto desde la puerta del establo.

—¡Juanito! —grita antes de montarse en el coche.

Buscar un nombre decente a Juanito me lleva horas. Tengo claro el que quería para mi perro, ya que su pie maltrecho me recordaba a uno de mis poetas preferidos del romanticismo inglés, pero con el burro..., ni por asomo el apellido de un escritor. Por mi cabeza se cruzan nombres como Soñador, Niebla, Roble, Cabezón, Platero… Sí, ya sé, muy poco original. Al final me decido por hacer, de una peculiaridad en el dibujo de su pelo, un pequeño círculo de color oscuro entre los ojos, su nombre: Lunar.

Los días transcurren entre la limpieza del establo y el chabisque de las gallinas, darles de comer, llevar los huevos a Calixto, recoger las nueces que siguen cayendo y las avellanas. Pero lo que me ocupa la mayor parte de mi tiempo es el entrenamiento de Lunar. Es terco como solo un burro o una mula pueden ser. Se obstina en darme la espalda y tiene como ideales la desobediencia en todas sus formas. Desanimada, entro en casa todos los días sin encontrar signos de mejora. Ensayo delante del espejo mi actitud, mis gestos y la forma de hablar. Cuando encuentro una manera que me satisface, camino deprisa hasta el establo para ensayarla delante del burro. Nada.

El burro me ignora. Incluso cuando pasta en el prado, lo hace lo más alejado de mí.

Estoy sentada en el tocón delante de la puerta de la cocina, frente al sol tibio del otoño, con un plato de pasta con tomate y extra de queso de oveja, cuando Lunar aparece trotando de manera ágil. Por un momento pienso que me lo han cambiado y alguien se ríe de mí, pero no, es mi burro, que ha olido el queso. Mira con ansia los espaguetis mientras menea la cola.

Desde entonces, todo ha ido bien, al menos en lo que se refiere a órdenes simples, como ven aquí y párate. Solo tengo que mostrarle un trozo de queso para que Lunar abra sus enormes fosas nasales y me obedezca.

Las gotas de lluvia golpean los cristales de la ventana como los dedos de un niño pequeño. Observo las hileras de agua que resbalan en carrera rápida hasta perderse por el marco de madera. Un pájaro canta en la copa de un árbol, me parece que grita rasgando el silencio frío y oscuro de la tarde. El prado es una gabardina gris bajo la luz triste del otoño. Salgo y me siento descalza en la mecedora del porche con una taza de leche caliente. De golpe me viene un pensamiento: no has logrado nada. Me siento estafada por mí y, en un intento de huir, dejo la taza en el suelo y camino prado abajo hasta la regata mientras los tobillos se me hunden en la hierba húmeda.

El río baja ruidoso, entonando su mantra profundo. Introduzco los pies en la corriente helada. Unos brazos invisibles me empujan nerviosos con violentos latigazos. Entre dos rocas grises cubiertas de líquenes, me siento, cediendo al pulso con el que me reta el agua. La corriente salta por encima de mis piernas en gráciles piruetas, mi piel insensible por el frío apenas nota el agua helada. ¿Cómo será estar toda la vida así, ver pasar los días, meses, años, sin nada que altere su dirección, como este río? Me transformo en Emma Bovary. Temo que la protagonista de esa historia sea yo y que el destino solo me depare paseos solitarios bajo la lluvia.

—Colócale el bozal al mismo tiempo que acaricias su lomo y lo sostienes cerca de su cara mientras le das algún premio.

Jon posee una voz grave, suave, habla despacio, con seriedad, no sé si por timidez o por la manera de ser que tienen algunas personas habituadas a la soledad o porque me habla en castellano en vez de en euskera. Sus ojos azules, oscuros como el mar de Francia, me lanzan una mirada profunda. Está sentado en una silla un poco encorvado hacia delante con los codos apoyados en los muslos, con la vista muy fija en lo que yo hago, atento al más mínimo movimiento.

—Ahora guía al burro tirando suavemente de la correa y pronunciando órdenes. Si no se mueve, jálalo por un costado para que sepa quién manda y qué quieres.

Asiento como la buena alumna que intento ser mientras de reojo miro esos ojos que me traspasan. Pienso cuántos horizontes de lluvia helada, de niebla espesa, de cuerpos, de rostros rebosantes de deseo han contemplado.

—No te concentras, estás despistada, así no vamos a terminar nunca.

Y tanto que estoy en otro lado; con él cerca, el burro y el amaestramiento me importan, pero algo menos.

—Entrénalo también para que puedas levantar sus patas cuando debas revisar sus pezuñas y acicalarlo.

Se acerca de manera ágil y levanta la pata de Lunar sin agarrar el tobillo, llevándola hacia atrás. Me llega el olor de su piel a cuero, a alguna loción, a… hombre. Mi cabeza comienza a dar vueltas mientras mi sexo golpea cual tambor en un día de fiesta. Grito por dentro y aprovecho el momento para pegarme a él y llenarme de su olor.

Se marcha con prisa alegando algo de no sé qué trabajo por hacer. Me quedo vacía e insatisfecha.

Practico de manera concienzuda con Lunar antes de que los caminos se vuelvan impracticables y no pueda dar mi primer paseo hasta el pueblo. Tras casi medio queso, logro montarme encima de él. Mi pecho se hincha de orgullo. Desde esa posición contemplo feliz mi preciosa casa de piedra y teja roja, los pastos todavía verdes y tupidos, el bosque frondoso sobre el monte; las hojas se mueven ondeadas por la suave brisa, me saludan entre tímidos aplausos. Jaleo a Lunar y, primero de manera tímida, luego con una mayor seguridad, golpeo con mis talones la grupa para que imprima un poco más de brío a su andar. Sujeto las bridas con fuerza como si estuviera colgada de un desfiladero a punto de despeñarme y me fuera la vida en ello. Animada, decido aventurarme hasta la borda de Calixto con los huevos recién recogidos y un trozo de queso en el morral por si las moscas. De lejos, veo a Calixto, que, en una gran olla de hierro, cuece nabos para las ovejas. Antes de llegar, silbo excitada para avisar de mi presencia. Aparece otra cabeza que no había visto antes, las dos se yerguen al unísono ante mi llamada; la otra es Jon.

El café está caliente y lo agradezco después del chaparrón que ha caído sin avisar mientras me bajaba del burro. Lo he resguardado con rapidez en la planta de abajo, con las ovejas, y nos hemos dirigido arriba.

—¡Vaya vaya con nuestra amazona! —comenta Calixto a la vez que se sienta.

Estoy un poco cohibida y bajo la cabeza a la vez que esbozo una tímida sonrisa.

—Me acabo de enterar de que Jon te ha comprado las ovejas.

—¿No lo sabías? —pregunto extrañada.

Calixto mueve la cabeza negándolo y dice:

—Es un error. Ahora mismo tengo veintiséis ovejas, por entretenimiento; sí que en alguna época del año me gano con ellas un dinero extra, pero, vamos, vivir de ellas me sería imposible. Ahora mismo, la lana hay que tirarla porque nadie la quiere, y la leche, dependiendo la suerte que tengas, la puedes vender, como hago yo, para la fábrica de quesos. Pero ello implica ordeñarlas todos los días y guardar la leche en tanques de frío. Los corderos no sale a cuenta criarlos, porque, viendo a cómo los pagan y a qué precio están los piensos, es tontería. Unas cuantas para el autoconsumo familiar, perfecto. Una explotación para vivir de ellas, dinero a la basura.

—*Aita*, ya sé lo que opina, pero sí que es posible vivir de ello. No con unas pocas ovejas, por supuesto, pero sí con cuatrocientas. Y digo vivir, no hacerse rico. Yo no tengo que arrendar terrenos para pasto, la hierba es buena y abundante y solo tengo que comprar pienso para el invierno.

—Pero no imaginas lo sacrificado que es. Se acaban los domingos, fiestas y demás, comen a diario y con el tema de la leche ya ni te cuento, horarios estrictos, sea Navidad, Pascua o San Juan. Además, para ti solo…

En ese momento trago de manera abrupta y escandalosa, o por lo menos así me lo parece. Miro a Jon, que en ningún momento ha levantado los ojos del café.

—Te va muy bien con la casa rural. La tienes alquilada los fines de semana, y en fiestas y verano siempre está reservada. ¿Quién se va a ocupar de ella si tú te pasas todo el día en la granja?

Me dan ganas de responder que yo soy la persona ideal para llevar la casa rural, para atender a los clientes, para limpiarla cuando se marchan, para besar la boca de su hijo siempre que él quiera. Pero, por supuesto, callo y, como ha parado la lluvia, los dejo con su charla elevada de tono y me largo con mi burro.

«No se ha de volver a casa de un funeral por el mismo camino. El difunto siempre busca regresar y llevarse con él a algunos. Hay que asegurarse de tomar una ruta distinta desde el cementerio o el espíritu del difunto te seguirá».

William A. Douglass, *Muerte en Murélaga*

—Vamos a recopilar lo que tenemos —dice Mari mientras pone una pierna sobre la otra ayudándose con los brazos.

Cojo un folio y escribo con gran diligencia:

Alguien mata las vacas preferidas de Asiera. Supongo que es una persona que la quiere mal, pero no tan mal como para ***causarle un daño personal.*

—Exacto. Por ello debemos buscar en su entorno más próximo. Tenemos a la hermana mayor, Josefina, que vive prácticamente en la indigencia en el piso de al lado. Malvive con su pequeña pensión de jubilada y los huevos de las gallinas. Es normal que la odie, Asiera tiene todo. Lo más extraño es Itziar; hay que averiguar por qué no tiene ninguna relación con su hermana mayor.

—Y luego está el padre, que solo lo visita la mayor y la única foto que tiene es de ella.

—Eso no quiere decir nada, la foto la pudo poner Josefina.

—Del anciano no vamos a sacar nada, solo dice cosas inconexas —apunto.

—Creo que hay que ir al origen, conocer cuándo dejaron de tener contacto, cuándo comenzó ese odio.

—Exacto. Hay que hablar con Itziar, es agradable y seguro que me dice algo. Invítame a comer, así estoy en la tienda justo antes de que la abra.

Mari comparte el guiso de garbanzos con espinacas. Me viene bien que cocine para toda la semana. Repito tres veces.

—¿Qué pasa, estás a dieta y te la saltas cuando vienes aquí?

—Todo es más rico en compañía. Ten cuidado porque algún día, si tengo mucha hambre, te voy a confundir con un cervatillo e igual te aso en el horno.

Mari sonríe enseñando sus dientes infantiles.

—A mí me han abandonado muchas veces —dice de repente—. Por lo menos te escribió.

No levanta la mirada del leotardo. Se entretiene quitando bolas de lana.

—¿Has tenido muchos novios? —le pregunto perpleja.

—Ni uno. Pero me he ilusionado con gente que parecía amable y luego han dejado de llamar. Ser minusválida no es guay. Tienes escalones, la silla de ruedas no entra en la mayoría de las puertas y hay que cambiar de planes... Esas cosas.

—Entonces tú crees que soy afortunada porque me ha abandonado con un anuncio de tractores.

Mari asiente.

—Estuve muchos años estudiando euskera y me teñí el pelo de colores. También me uní a Jarrai. Incluso quemé un cajero. Pero solo querían utilizarme para llevar cócteles molotov o pasquines o mierdas varias. Nadie llamaba para otra cosa que no fuera la *kale borroka*. Era joven, me ahogaba en casa, en el pueblo. Mis padres no me bastaban.

—Mari, ¿en serio? ¿Tú en la organización juvenil pro-ETA?

—Ni ellos me querían.

—Putas islas —le digo mientras le tomo las manos.

—Sí, putas islas.

Me levanto a por un vaso de agua a la cocina. Mientras lleno el grifo, le pregunto:

—Por cierto, ¿qué opinas de Jon, el hijo de Calixto?

—¿Por?

Sigo dándole la espalda.

—Le he vendido las ovejas. Además, me ha enseñado cómo cuidar un burro. Me trajo a Lunar. Quiero saber qué se dice de él.

—Ya...

Me vuelvo y casi me tropiezo con ella. Me mira a los ojos con interés, yo bajo la cabeza y le sostengo la mirada. Mi lenguaje no verbal le dice que solo es curiosidad.

—No se sabe mucho. —Me da el vaso para que se lo llene de agua—. Ya sabes que tiene una casa rural en Aniz, además de la granja. No sale, pasa el día trabajando; alguna vez va a Elizondo, pero poca cosa de interés.

—¿Y qué se dice de su vida amorosa?

—Algo se dijo de una chica de fuera, pero desconozco qué pasó. La chica, su hermano y Jon se hicieron inseparables. Acabaron mal. Se dice que ella le vació el corazón y la cartera. No sé. Creo que es algo raro, tan callado, y fíjate que aquí es normal, pero él siempre taciturno, con la cara bajada. A ese chico le pasa algo.

—Yo creo que le han roto el corazón.

—Claro, guapa, y tú vas a unir los pedazos. Brindo por ello.

De vuelta, una ola de niebla engulle mi ropa, pelo, cara. Sin fuerzas y tiritando, seco a Lunar en el establo, le coloco una toalla sobre el lomo y esparzo hierba seca.

Me hago la valiente con Mari, es mi deber y salvación.

Dentro de casa, el vaho sale de mi boca. Me da por llorar mientras me desnudo y me pongo algo seco que nunca está seco. La casa me expulsa en su continuo recuerdo de que ella es del bosque, lo veo en las hiedras y ortigas que medran a su alrededor.

La leña no quiere prender. Las cabezas de las cerillas se rompen, la humedad las vuelve blandas.

Agarro tu libro favorito, lo rompo y lo echo a la chimenea. Sigo llorando. Odio esta casa. Su aliento a humo vomita en mi cara y me hace toser. Odio su interior, incluida yo misma. Byron no se inmuta, tumbado sobre la alfombra; es un perro feliz. Byron y Mari son parecidos. Ambos son dentro.

Los tiros de las escopetas me despiertan. Toca una mala época para las tórtolas y zuritas. Tengo que acostumbrarme, ya que seguirán durante días. Comienza la temporada de caza y por aquí lo más popular es tirar desde las palomeras, unos andamios de palos camuflados por helechos. Me asombra la parafernalia que rodea a la cacería: cazadores, perros, escopetas, tarteras, cartuchos. Cada puesto se subasta y el mejor postor debe pagar cifras de cientos de miles de pesetas. Hay tiradores que se concentran durante días, incluso semanas, a la espera de que lleguen las bandadas. En estas fechas pasan de Francia a la península camino de los encinares de Extremadura y Portugal. Hubo años en que las palomas migratorias superaron los tres millones, fue todo un espectáculo.

Una lluvia gélida y persistente que hiela hasta los mocos cae sin descanso desde hace varios días. Entre sueño y sueño, paso las horas en la penumbra contemplando los reflejos muertos de las flores en los charcos. La vida parece hundirse sobre sí misma, desfallecida, sin mortaja que la disimule. De las gardenias blancas solo queda el tallo podrido medio enterrado entre el fango, si bien su aliento queda guardado entre los pétalos secos que conservo en un libro. Los huelo a la vez que recuerdo el verano, esa última estación que estuviste conmigo.

Me corto con el cuchillo. Al colocarme una tirita, me acuerdo de mi padre.

«Sylvie, eres inútil y muy torpe, deberías ir a *ballet*. Seguirás siendo una inútil, pero podrás disimularlo.»

Yo, de ninguna de las maneras quería ir; es más, sentía rechazo hacia esas niñas gráciles y delicadas de pies de pato con esos ángulos imposibles. Yo quería aprender a subir a los árboles, hacer fuego con dos palos, atrapar ranas, orientarme en el bosque, tocar la guitarra, fumar sin toser, adivinar el futuro en las líneas de la mano, hablar con los pájaros, tener pechos grandes, besar con lengua, nadar hasta el horizonte.

«Tienes razón. Soy muy torpe. Dile a mamá que me apunte.»

En los siguientes cuatro años, el *ballet* me convirtió en una chica grácil y delicada. Gracias a mi padre me olvidé del bosque, las ranas, el fuego y el horizonte. Pese a toda la renuncia y el esfuerzo, no me perdonó ser una inútil. Su indiferencia, la sutil dejadez de sus funciones como padre, hizo que mi expulsión de su mundo pasase inadvertido. El rastro que dejaba su abandono era invisible a los ojos de los demás, y era yo la única testigo del destrozo que (me) causaba.

No se debe encerrar a un alma. Es necesario abrir todas las puertas y ventanas de la casa donde falleció, además de dar la vuelta a todos los espejos para que no se confunda y pueda salir de la casa.

Ahí está otra vez uno de los obreros de la zanja. Cada vez que salgo de la casa de Mari, me mira sin pudor ni disimulo. Le imito. Veo que ya acaban el trabajo, está poniendo la baldosa de la acera. Me voy detrás de la casa, a los prados que dan al río Bidasoa. Veo al otro lado el señorío de Bértiz.

El aire se detiene y gira a mi espalda. Sé que está detrás. Sin volver la cabeza me subo la falda, me bajo las bragas y apoyo las manos contra la pared. Estoy detenida señor policía, quiero ser libre.

Me embiste y, cuando lo hace, oigo el sonido de un tren imposible a lo lejos. Me lame, come, muerde la nuca. Me agarra de las caderas y su ritmo se acelera. Noto un olor metálico, descubro que sus muslos son vagones de pasajeros.

Sigo estando aquí.

La loba no aparece.

Antes de que eyacule, me retiro y me voy corriendo a casa de Mari.

Mi tiempo se queda hueco y vacío. No sé qué hacer, ni cómo aplacar su fuerza, su poder cruel y absoluto. Me quedo dormida otra vez sin darme cuenta de que he soñado.

Entro en el cobertizo débilmente iluminado por la luz sucia del atardecer. Oigo pasos en el interior, los reconozco. Estás buscando algo entre el suelo de helechos secos. Te miro sobresaltada, pero logro articular una sonrisa forzada; tú intentas apartar la mirada y disimulas en una calma tensa; veo que prosigues la búsqueda y me ignoras. Al final te dejas caer con pesadez sobre una silla. Me miras como si fuera una desconocida. Estás ahí, en silencio; sin embargo, el vaho no sale de tu boca, tienes la piel blanca y tus ojos son opacos. Permaneces inmóvil y me observas receloso, una sombra de tristeza atraviesa la comisura del labio. Su crudeza me sorprende. Me siento delante con la esperanza de que me reconozcas. Tus pestañas oscurecen los ojos secos y vacíos. El color morado de la muerte resbala sobre tus labios agrietados, regueros de sangre con su olor dulzón resbalan por tu piel. Quisiera oír tu voz, quisiera que me hablaras, pero permaneces quieto, inmóvil, con la mano inerte moviéndose como un péndulo, de ella cae tu querido *txistu*. El viento silba con fuerza entre las maderas de la puerta.

La crudeza de este sueño me rompe, pero, con los días, una esperanza habita en mí: decido que estás muerto y por eso no has vuelto arrepentido a mis brazos. Imagino que tu cuerpo está enterrado en algún lugar del prado, cualquier montículo me vale para ponerle unas flores.

«Nunca hay que estrenar ropa para ir un entierro. Tampoco vestir con tu ropa a un difunto, aunque sea ropa que no se vaya a utilizar; el cuerpo se irá poniendo enfermo a medida que el fallecido se vaya descomponiendo».

William A. Douglass, *Muerte en Murélaga*

—*Kaixo*, Sylvie, ¿me estabas esperando?

Me levanto del banco de madera que está en la entrada y le pregunto:

—¿Puedes esperar cinco minutos antes de abrir la tienda?

Itziar se queda con las llaves en la mano, el gesto detenido.

—Claro. —Se mete las llaves en el bolsillo de la chaqueta.

—Quisiera saber si tienes relación con Josefina.

—¿Qué Josefina?

—Tu hermana.

—Ah... No.

Cruza los brazos y mira a ambos lados.

—¿No, que no tienes contacto, o no, que no me vas a contestar?

—Las dos cosas.

—¿Podrías decirme una sola razón por la que no habláis con vuestra hermana mayor? Te prometo que no saldrá de aquí.

—Siempre ha sido así.

—¿Y nunca te has preguntado por qué?

Espero su respuesta. Itziar tiene los ojos viajeros, a veces se marchan sin previo aviso y hay que esperar a que vuelvan.

—A ver si lo entiendo —trato de ayudarla—. Asiera y tú no tenéis relación con vuestra hermana mayor, pero ni lo sabes ni tienes curiosidad por saberlo.

—Cuando era pequeña, Asiera me contó que mató a nuestra madre. Creo que es una buena razón para alejarse de esa mujer.

Noviembre llega cargado de luz y hielo. Los días se parecen y, en su semejanza, los confundo cual gemelos idénticos. Hoy cualquier cosa puede suceder, me digo, pero llega la noche con la misma luz muerta de la mañana y no pasa nada.

Quizá esté sola, siempre.

Camino con paso resuelto entre la exuberante vegetación formada por altísimos helechales y zarzamoras espesas, sigo la sendas hechas por las ovejas *latxas*, que soportan el frío y la soledad aisladas entre la espesura del bosque. Voy con cuidado buscando el hongo *beltza* entre los árboles caídos, el denso sotobosque y las rocas diseminadas por el suelo. A mi alrededor oigo paridos, cárabos, algún pájaro carpintero con su repiqueteo nervioso. La magia del bosque húmedo me envuelve con fuerza. Un petirrojo cruza a velocidad vertiginosa a mi lado, deja una estela de aire que acaricia mi cara. Después de varias horas, vuelvo a casa con mi botín: dos hongos de casi medio kilo. Los limpio con un paño húmedo, los corto y me preparo un magnífico revuelto con ajos, huevos y perejil; lo coloco en una bandeja naranja y me siento con Byron a mis pies delante de la televisión. Pienso con placer que esta comida no me ha costado nada de dinero, me sabe más rica. Fuera, la tarde negra extiende su dominio de manera implacable.

La lluvia y el viento desnudan de manera rápida las hojas de los árboles; ellas, cuales confeti en una fiesta, celebran su muerte, ignorantes. Me deprime observar cómo el invierno acecha de manera cruel a la vuelta de la esquina.

Byron ladra. Corro al baño y me miro al espejo. Me tiemblan las manos cuando cojo la brocha y me doy un toque de colorete en los pómulos. Mis labios están secos por el trabajo al aire libre, busco de manera histérica un pintalabios, no lo encuentro, rabiosa, doy la vuelta al neceser y esparzo sobre el lavabo el poco maquillaje que poseo. C no dejaba que me maquillara. Decía que las puertas se pintaban de viejas. Los ladridos son más fuertes. Unto un dedo con el aceite de la cocina y me lo paso por los labios.

No es Jon, es una mujer. La decepción puede más que la curiosidad. Dudo si salir. Los ladridos me exasperan y, cuando abro la puerta, lo hago con un gesto hosco.

—¿Qué desea?

Parece nerviosa y cohibida. Me confunde. Será porque las personas mayores portan el derecho del tuteo, de la experiencia; los viejos, de la nostalgia, de la amargura; los jóvenes, de la insolencia, y ella es mayor que yo. Esa es mi manera de datar el tiempo de las personas; niños, jóvenes; menores, mayores que yo, y viejos.

—*Egun on*.

Vuelvo a preguntar.

—¿Qué quieres? —Su manera de ser, arrugada, hace que mi tono se eleve a la vez que mi barbilla y la tutee.

Byron ladra como una buena perra guardiana. Solo le falta un metro de altura para dar miedo.

—Busco a Bittor.

La palabra resbala como hielo en mi cara. Esa no se entera que su nombre ya no es Bittor, es C.

—¿Para? —Formulo la pregunta a la vez que frunzo el ceño, casi cierro los ojos.

La mujer se mete la manos en los bolsillos y balancea su cuerpo apoyando el peso en un pie y luego en el otro.

—Me dijo que enviaría unos quesos y todavía no han llegado. Pasaba cerca de aquí y, nada, quería saber si, bueno, si se había olvidado de mi encargo.

¿Pasaba por aquí? ¿Está de broma? ¿Quién se cree que es para tratarme como si fuera idiota?

Lo veo claro. Es la amante de C. Y si C no está con ella, es que se ha liado con otra.

—¿Cuándo hablaste con él? —No puedo decir su nombre.

—Hace tiempo.

Hago callar a Byron.

—¿No serás maestra en Pamplona? —pregunto con maldad mientras siento el aceite entre las yemas de los dedos.

La cara de la mujer se contrae y con ese gesto me responde.

—Yo de ti no esperaría los quesos. Búscate a otro que te los haga.

Cierro la puerta. Oigo el coche, que da marcha atrás. La maestra se larga.

Estoy tan rabiosa que deseo morderme. Respiro de manera entrecortada y rápida. Oigo a la gallinas cacarear. En ese momento decido que habrá sopa para cenar. Aprovecho mi ira para agarrar a la gallina más vieja. Me gusta que se defienda, que mueva las alas con nerviosismo. Es mi excusa para agarrarla con fuerza. La introduzco boca abajo en una botella invertida que está atada a un piquete en la parte más alejada del prado. Su cabeza sobresale por el cuello del embudo. Quiero sacarle los ojos, arrancarle el pico, machacar su cresta. Respiro, me contengo. Le corto el cuello con las tijeras de podar. Dejo que se desangre.

Mi aliento, al igual que el sonido de mi voz, es frío, brota de un cuerpo abandonado, de una casa hace tiempo cerrada.

¿Qué buscas?

Busco la risa de mi infancia. Busco algo que no tengo, solo debo saber qué me falta y si lo quiero. Pregúntame otra vez.

¿Qué buscas?

Ni puta idea.

No tengo más remedio que bajar al pueblo, necesito productos de higiene; lavo los platos con detergente para la ropa, me cepillo los dientes con bicarbonato, la pasta dentífrica se acabó, al igual que el bote de jabón de ducha, que corté hace días para aprovechar lo que quedaba en el fondo.

Hago la lista de la compra. Entre la crema hidratante y el jabón de ducha escribo: *un amor.* Menos mal que asoma una mínima dignidad y lo meto entre los únicos productos que son para mi higiene corporal, que tocarán mi cuerpo, esa mínima dignidad hace que la palabra no desentone. Escribir *un amor* entre zanahorias, papel de váter y acelgas hubiera sido deprimente. Tal vez el sitio adecuado es al lado de las compresas. Lo hago de manera consciente, aunque me engaño y finjo no darme cuenta; es ridículo un deseo en una lista de la compra. ¿Por qué no existe una sección de deseos en el supermercado? ¿Acaso son menos necesarios porque sean intangibles, acaso no merecen estar en una estantería?

De pequeña soñaba con una tienda de cajas de deseos. Una caja dorada de sol de invierno hecha de lluvia, hojas de otoño y ramas secas para desear tranquilidad; para la esperanza, una de madera sin pulir de roble con virutas de naranja y canela y purpurina de estrellas; para querer seguir viviendo, un trozo de sábana blanca de algodón secada al viento junto a un poema y muchos caramelos de colores.

Preparo a Lunar para nuestra gran aventura, le hablo de manera dulce y tranquila, creo que me entiende. Le coloco las jáquimas, los frenos y riendas para su control, sobre el lomo le pongo el basto, que lo he realizado a partir de una vieja colchoneta para tomar el sol, no quiero que se le formen heridas, y sobre este pongo la montura, que aseguro a la barriga con unas cinchas. Detrás de la montura coloco las alforjas, dos bolsas de lona que he cosido de manera, ahora lo veo, muy chabacana.

Las alforjas me molestan en cuanto bajo la pendiente camino del pueblo, se desplazan hacia los lados bailando rock. Temo que, durante el viaje de vuelta, en el ascenso, las alforjas resbalen por el lomo de Lunar y caigan al suelo. Me recuerdo a mí misma que tengo que comprar una cuerda para atarlas mejor.

Aparte de unos pocos problemas logísticos, es un placer caminar con Lunar. Voy relajada y, digamos, sin miedo a equivocarme, feliz. El viento del norte silba entre las hojas y su música melancólica de banda sonora del Oeste provoca que mi imaginación corra a épocas pasadas, soy una trampera, una aventurera intrépida, valiente, capaz de sortear cualquier peligro con una sonrisa socarrona.

El día es opaco y entre los esqueletos negros de los árboles se escapan pequeños haces de luz mortecinos. Me cuesta permanecer erguida sobre la montura, ya que al final del camino la pendiente es acusada y me inclino, al igual que Lunar, hacia delante. Contemplo el suelo cubierto de charcos, que a mi paso quedan enfangados, hojas marchitas y pequeñas piedras de aristas puntiagudas que relucen por la luz mojada.

Con pereza, llego al pueblo y mis sueños de heroína quedan fulminados en cuanto la realidad se impone. Lunar camina sobre el asfalto, el salvaje Oeste ha desaparecido. No pienso hacer un paseíllo como los toreros antes de enfrentarse a la faena, así que, para evitar chismorreos, me desvío de la calle principal y, en un pequeño descampado, debajo de un árbol, ato a Lunar al tronco.

Doy un respingo cuando compruebo que Asiera está en la tienda. Para más desgracia, no veo a Itziar por ninguna parte. Intento dar marcha atrás de manera disimulada, pero ya es tarde: una vieja de dedos retorcidos empuja mi espalda tratando de entrar. Maldigo mi suerte porque la puerta es tan estrecha que solo cabe una persona. Lo cierto es que la puerta principal tiene dos hojas, pero adivino que es idea de la bruja para no poder escapar de allí fácilmente. Me enfrento de manera resignada y estoica a la situación como la protagonista de la película que soy.

—*Egun on,* Asiera, no veo a Itziar, ¿dónde está?

Antes de contestar, me repasa de arriba abajo con esos ojos de lagarto que me asquean.

—Ya que nosotras no podemos participar, ha llevado el almuerzo a los de *auzolan*. Y tú, ¿qué piensas hacer?

—¿Hacer sobre qué?

—Cada casa —aquí se detiene dando dramatismo a la palabra— está obligada a trabajar para la comunidad por lo menos una vez al año. La ermita se cae a pedazos y entre todos es nuestro deber honrar al Señor, nuestro padre en los cielos, y así obtener su gracia eterna.

—Tienes toda la razón. Cuando termine la reforma, iré a limpiar la iglesia.

Asiera mueve la cabeza y asiente. Me da su bendición.

—Te dejo este cartel para que lo pongas en la puerta o lo dejes junto a la caja registradora.

Asiera lo ojea con interés.

—Detective privado. Máxima discreción. Me parece, Sylvie, que te vas a morir de hambre. Estos de fuera qué exóticos sois. Por cierto, hace más de un mes que no te veo en la iglesia con tu marido. ¿Algún problemilla de salud? —me pregunta a la vez que sonríe.

Trato de recomponerme y no dejar de ningún modo que mis pensamientos se escapen por la boca. Como cobarde que soy, lo reconozco, es mi naturaleza, tiendo a los soliloquios, pero a la hora de trasladarlos a la realidad soy inofensiva, plana, neutral, descafeinada, sin nada que aportar ni sugerir. Me dejo llevar y suelo dar la razón por este orden: a quien más levanta la voz, si es hombre, si es viejo, si tiene un cargo público. En el caso de Asiera, como no cumple ninguno de mis requisitos principales, opto por callar como respuesta y no saciar sus ansias de cotilleo.

Saco la lista del bolso y, alegando que tengo prisa, comienzo a recorrer las estanterías repletas de artículos. Me salvo de su persecución gracias a una anciana que ha entrado tras de mí. Es una especie de bola negra arrugada envuelta en un chal de punto negro descolorido; le cubre la cabeza un pañuelo atado al cuello con dos nudos muy prietos que dejan escapar cuatro pelos blancos apelmazados por su falta de limpieza.

Sopeso mentalmente si me cabrá todo en las alforjas, me digo que siempre puedo unir con dos nudos ambas bolsas de plástico y colocarlas sobre el cuello de Lunar.

Las dos viejas siguen su animada charla en euskera; pago y aprovecho para salir lo más rápido que puedo.

—Dale recuerdos a tu marido, dile que echamos de menos sus versos acompañados por el *txistu*.

Ya me resultaba raro que no dijera la última palabra. Me enfado un poco, algo bastante raro en mí, aunque desde que C me dejó suelo tener accesos de ira sin motivo aparente.

—Si le ves, se los das en persona. Si pudiera, te lo regalaba para Itziar.

Doy media vuelta y salgo muy contenta y satisfecha. Nada más alejarme de la tienda, noto como mis hombros se encogen sobre sí mismos y maldigo lo tonta que he sido. Prometo que, cuando vuelva a casa, me echaré la bronca seriamente.

Me dirijo sin tardanza al descampado. Desde el puente de piedra roja diviso el río Bidasoa cargado de truchas y salmones; al otro lado, el bosque del Señorío de Bértiz se esconde tras una suave niebla deshilachada. Veo a Lunar acompañado de alguien que lo acaricia; ese alguien es Jon. Vuelvo a subir la cabeza, los hombros, las tetas, la nariz, en fin, todo lo que se pueda alzar para denotar fuerza, sabiduría y valentía, y me dirijo hacia él.

—*Kaixo*, Sylvie, estas alforjas no sirven para nada, en cuanto les pongas algo de peso se romperá la costura de abajo y esparcirás la compra por el camino.

Me molesta su brusquedad y falta de educación. No me mira a la cara, ni me pregunta cómo estoy, ni queda hechizado por mi belleza.

—Hola, Jon, ¿qué tal te va?

Ignora mi pregunta y sigue a lo suyo.

—Te enseñaré cómo hacer unas alforjas que no se te fastidien y que te duren. Aprovecha que estás en el pueblo y compra cuero, calculo que unos dos metros serán suficientes, eso sí, de doble ancho.

Le miro como si le faltara un hervor y fuera un poco retrasado, aunque enseguida me arrepiento, puesto que está muy sexi con esa camiseta entallada que le marca los pectorales. Lo que daría por estar encima de él y tocar con las manos su pecho mientras lo cabalgo. Hoy estoy de lo más vulgar, lo sé, aunque lo prefiero a los días ñoños y melancólicos.

—¿Qué haces por aquí? —le pregunto en un intento de entablar una conversación.

—Estoy con el *auzolan*. Este año no he ayudado en ninguna de las tareas y, como va a terminar pronto el año, no tenía otro remedio que aceptar esta obra. Tu marido hizo un buen trabajo con el *auzolan* del parque infantil.

—No es mi marido. No nos hemos casado.

Que nombre a C me sorprende de una manera tan brutal que echo un paso atrás. No quiero que sea precisamente él quien me recuerde que estoy sola y que una vez tuve una pareja, que me ha dejado y que, con mucha probabilidad, me quedaré solterona como Itziar y me moriré sola, sucia, amargada y devorada por los animales salvajes del bosque. Mi ira se autoalimenta con rapidez. Me abro paso dando codazos, cargo como puedo lo que he comprado y compruebo aliviada que resisten las alforjas. Le doy un trozo de queso a Lunar para que mi salida sea lo más majestuosa posible, me monto y le digo:

—Que tengas un día de lo más provechoso.

Y me largo.

A medio camino, una de las alforjas cede y la compra que va en su interior rueda cuesta abajo con una velocidad sorprendente. En esa improvisada carrera ganan las naranjas, seguidas a corta distancia de la lata de atún y el tarro de mayonesa. El *amor* se retiró antes de la salida.

El aullido de un perro en la oscuridad es otra advertencia de que la muerte no está lejos. Para protegerse de estos males, es necesario cortar las uñas de la persona moribunda y guardarlas en un saquito de tela de algodón bajo la almohada. Si se hace en el momento posterior a exhalar el último aliento, el poder se incrementa.

Golpeo la puerta del caserío de Asiera. Oigo a un perro ladrar tras el portón derecho. Me doy cuenta de que tiene timbre. Lo pulso y dejo el dedo sobre él. La puerta se abre con tal brusquedad que levanta una corriente de aire.

—¿Qué?

—Voy a entrar. Aparta.

—Estoy ocupada.

Se planta en medio de la puerta.

—Seguro que no quieres que tengamos esta conversación en la calle.

La desafío con la mirada.

Se da la vuelta y sube las escaleras. Cierro la puerta con la pierna y la sigo. Nos sentamos en una mesa en medio de una cocina enorme atiborrada de objetos. Tiene alma de coleccionista de mercadillo. Figuritas de todo tipo y tamaño, dedales, cucharillas, sacapuntas, flores secas, cuadros.

—Quiero saber la razón por la que no tienes ninguna relación con tu hermana mayor.

—Cosas de familia.

—Me has contratado para que encuentre quién mató a tus vacas y el suyo fue el único nombre que diste.

—Porque creo que fue ella.

—Esto no tiene sentido. —Me toco la sien derecha—. Si sabes que es ella, ¿por qué no lo solucionas tú?

—Prefiero pagarte.

Asiera permanece inmóvil sin continuar la frase y añadir una explicación, así que continúo con el interrogatorio:

—Itziar acaba de decirme que ella mató a tu madre.

—Es cierto, la mató —dice impasible.

Le hago un gesto con la mirada para que continúe.

—Nos fuimos a Tolosa, al pueblo de la tía abuela, a cuidarla porque se estaba quedando ciega. Al final todo se alargó y estuvimos casi un año. Mi madre se quedó embarazada. Había mucho trabajo en el caserío. Mi padre recuperó la huerta, cubrió a las vacas, era una buena oportunidad para sacar algo de dinero. Pensaban que no podía durar mucho y que mi madre sería la heredera de todo. Según nos contó mi padre, Josefina no ayudaba y solo quería ir de fiesta y salir con chicos. Debido a un mal embarazo, mi madre estaba ingresada y murió de pena por lo sola que se sentía.

—Pero eso es una estupidez. ¿Qué pasa con tu padre?

—Mi padre siempre estaba trabajando y yo cuidaba a mi tía.

—Pero ¿qué culpa tenía Josefina? ¿Cuántos años tenía?

—Los suficientes para ser una puta.

Rezo y me masturbo de forma continuada. Mi deseo se queda ahí, atontado, no hay manera de calmarlo. Necesito piel. Recuerdo el cuerpo de C sobre el mío, su manera de aplastarme y empujar con furia, como un animal herido o salvaje o asustado, quizá más primitivo de lo que yo quería, pero qué demonios sabré lo que yo quería; arremetía con ganas, siempre queriendo terminar, sin caricias ni palabras; eyacular y retirarse de la brasa ardiente que era yo. ¿Me bastaba? Sí.

Me doy cuenta lo poco que era y lo poco que necesitaba.

Ahora eres tú el que llenas mi cabeza. Mancho con tu voz mis sábanas y me retuerzo entre ellas.

Llueve en plan vomitona de sábado noche o domingo mañanero. Aprovecho que Calixto va a Elizondo y me voy con él. Con una excusa tonta le digo que me quedo y que ya me las apañaré para volver. Se preocupa. Me molesta su insistencia.

Camino por la calle principal. Paso por unas pintadas nuevas de «*gora* ETA», una cabina telefónica quemada y carteles con rostros en blanco y negro de jóvenes que siempre me parecen los mismos.

Entro en la biblioteca y contemplo desde el ventanal el río, que con brazos de hombre remueve el agua y centrifuga palos, plásticos y porquerías. Que todo empiece por P me hace pensar en puta, pis, pelea, polvo, podrido, pechos, piel, pálido, pena.

Anochece, cierra la biblioteca y me encamino a los bares cercanos al ayuntamiento. Los jóvenes cachorros beben y beben y vuelven a beber. Me meto en un bar y elijo una mesa, la más alejada, la que está pegada a una esquina, cerca del baño y debajo de una tele de gran dimensión. El telediario habla de otro atentado, una bomba en un coche en Erandio. Un niño de dos años ha muerto. Su hermano mellizo y el padre están graves. El personal murmura. Los viejos callan y dan la espalda a la televisión. Pido ajoarriero y doble ración de pan. Para beber, vino con gaseosa.

Cierro los ojos ante el sabor exquisito del bacalao con pimientos y ajos. Hago caso omiso de una voz que me dice que pare, que me vaya, que acabe el plato y me largue. Observo a mis presas beber.

Bien.

Se tocan, se abrazan cuando su equipo marca. Animales medio domesticados sueltos sin control los días de partido de fútbol. Pese al frío exterior, van en mangas de camisa o en camiseta. Veo sus pechos, sus brazos, sus músculos. Cruzo las piernas muy fuerte.

Termina el partido. Me levanto. Retiran las mesas, bajan la luz y suben la música. Voy al baño. La ventana da a un patio interior, está abierta y entra un frío que me pone los pezones duros.

Bien.

Me pinto de rojo los labios. El contraste con mi pelo rubio me gusta. Me pongo la chaqueta de lana y la dejo entreabierta, el límite lo marcan mis pezones.

Me dirijo al exterior con el cubata en la mano. Acepto un cigarro. No fumo, pero el tío que me lo ofrece no tiene pintas de enterarse; solo mira mis labios y mis pezones. Me pego a él y, como un muelle, me arrincona contra la pared, su mano se apoya en ella, muy cerca de mi cara. Quiero morderla. Mi cabeza raspa la pared de cemento hasta que se detiene junto a su mano. Mi boca repta hasta meterse el dedo gordo, que lleva un anillo con una inscripción que delineo con la punta de la lengua. Lo saco como un caramelo y veo los restos de carmín en su dedo. De repente, mi acompañante desaparece de un empujón. Jon está frente a mí. Me estremezco. No pienso avergonzarme. Alzo la mirada. Su rostro es oscuro. De su boca sale una gran cantidad de vaho, me recuerda a un búfalo o un toro.

—¿Qué haces?

—Divertirme.

—Aquí solo hay tíos borrachos a los que se les va la cabeza y que mañana no se acordarán de nada.

—Bien.

—¿Bien?

—Eso es lo que quiero: alguien a quien se le vaya la cabeza y que mañana no se acuerde. ¿Has bebido lo suficiente para ser mi candidato?

Decido saltar. A la mierda todo.

—La que ha bebido lo suficiente eres tú. Te llevo a casa.

Me coge del brazo y tira de mí. Escupo el anillo hacia el chico, que sigue en el suelo. Le da en el cuello, rebota y tintinea en el empedrado. Para mí, suena a tañidos de campana en un día de boda. No puedo ser más feliz.

Sin querer he olido tu colonia. Estaba en una esquina del armario del baño, detrás de una caja de aspirinas. Sabía que no debía desenroscar la tapa, conocía la temeridad de mi acción, aun así lo hice. Cerré los ojos y aspiré el aroma a sándalo y madera. De manera mecánica, he vuelto la cabeza. ¡Maldita sea! Qué difícil es sobrevivirte.

Abro la puerta para que Byron salga. La noche es un muro hostil sobre el que me golpeo. Las hojas son negras, al igual que el viento, negro el abismo más allá del porche, negro el futuro, negros mis pensamientos. No quiero estar sola.

Decido enamorarme de Jon.

Soy una persona que da vueltas a las cosas, pero si ya es *per se* una afición nefasta, mi defecto se acrecienta porque no les doy vueltas en el sentido geométrico de la palabra; los círculos no están hechos para mí, lo mío son los triángulos; triangulo las cosas, lo que provoca numerosos golpes con las esquinas.

Busco un rincón en mis sueños donde vivir mi historia de amor. Fantaseo con el momento en que me bese. Para cuando Byron vuelve, Jon ya me ha declarado amor eterno y me ha pedido que me case con él. Es genial burlar el presente utilizando el arte de imaginar. Solo debo tener paciencia.

Conozco los cuentos infantiles y su orden. La chica sola, abandonada por el marido sin escrúpulos, pasará por un periodo de pena y aflicción hasta ser rescatada por un apuesto hombre atormentado por un pasado terrible. Se me olvidaba un dato primordial: muy enamorado de la chica abandonada.

Ángela, la mujer de Calixto, me invita a una fiesta en Elizondo. Estoy a punto de decirle que no cuando me comenta que Jon ayudará en la comida.

Hay niños. Muchos niños. Pequeños seres sucios y chillones que comen con la boca, la nariz, los ojos. Uno me enseña su dibujo y no sé qué decir ni hacer. De una manera mecánica me encojo de hombros. Si Picasso hubiera contemplado las dotes del renacuajo, hubiera vomitado. No lo entiende ni su madre, un espécimen feo, que se empeña en decirme lo bien que pinta su hijo. Yo la miro alucinada, miro su cuerpo, que parece una carretera de montaña mal conservada, y pienso que el niño, por mucho que la madre diga que con dos años pinta de maravilla, tiene el cerebro mal cocinado, algo crudo; esos garabatos no son normales, un palo nunca será un brazo, una especie de cagarruta una oveja, dos rayas un pueblo; la dejo estar y le doy la razón de la manera más convincente que puedo.

Veo a Itziar en una esquina del banco. Sujeta una copa y sonríe mientras mueve la cabeza al son de la música. Como todos los de la fiesta, lleva unas copas de más. Me siento a su lado.

—¿Te diviertes? —le pregunto mientras choco mi vaso con el suyo.

—Nunca.

Su respuesta hace que estire la columna y me quede tiesa.

—¿Nunca?

Ella niega de forma muy aparatosa e irregular, tanto que al ladear la cabeza se toca los hombros.

—Pero algo te gustará. ¿Qué haces aparte de estar en la tienda?

Se bebe de tres tragos el líquido del vaso antes de contestar:

—Respiro, como, hago mis necesidades y duermo.

—Eso es ridículo. Siempre hay algo más.

—A veces hay poco donde elegir.

No sé qué responder. Le suelto lo primero que se me pasa por la cabeza:

—Tienes razón, es mejor conformarse.

—Y tú, francesita, ¿qué hacías cuando vivías con tu marido? Cuéntame.

Miro a Itziar con sorpresa y una mezcla de asco.

—Muchas cosas. La huerta, limpiar la casa, cuidar las gallinas, hacer la comida.

—Ya. Pero algo te gustaría, ¿no? Porque tú atendías la casa igual que yo la tienda.

No sé qué responder. Pienso en alguna respuesta rápida, intrépida, que le duela. No encuentro nada. Mi repertorio es poco variado.

—Creo que me voy a tomar un cubata. *Agur*, Ben-Hur.

Salgo y me encuentro con Jon. Está borracho. Se tambalea y, para recobrar el equilibrio, me toma de la mano y caminamos. En algún momento nuestras sombras se unen y yo solo quiero llorar de emoción. Este es el fin de todo. Por eso C se fue, porque tenía que llegar Jon y sus ojos como el mar de Francia y su pecho y esta mano inmensa que engulle la mía. Hay un sentido a mi desdicha y acaba aquí.

Le empujo contra un árbol, le bajo los pantalones y le hago una mamada. Sé que va a correrse cuando me agarra el pelo y aplasta mi boca contra su pene.

«Algunas personas pueden matar por el mal de ojo, sobre todo a los niños no bautizados. El perjuicio que un adulto puede causar es neutralizado mediante esta frase: "Dios bendiga a este niño y no permita que mis ojos le hagan daño"».

William A. Douglass, *Muerte en Murélaga*

Cojo un autobús que me lleva a Tolosa. La guardia civil detiene el vehículo y nos hace abrir las bolsas y enseñar el DNI. Nada nuevo. Pongo mi cara de santa y sonrío.

Voy al asilo. La calle huele a plástico quemado. Un contenedor de basura humea. Me abro camino entre los escombros de una noche de *kale borroka*.

Busco entre los residentes alguien que conociera al padre o a la madre de Asiera en los tiempos en que se alojaron en el pueblo. Encuentro a una mujer natural de Trujillo. Por entonces tenía veinte años. Al casarse se marchó a vivir a Tolosa, ambos encontraron trabajo en la fábrica de papel La Esperanza. Se acordaba de la familia porque causó un gran revuelo en todo el pueblo.

—Aquella mujer tan joven. Muerta con solo 37 años. Vino para ayudar a su tía y el cáncer se la llevó. Sabía que era una enferma terminal cuando llegó al pueblo, creo que intentaba heredar la casa y las tierras a la muerte de la tía. Y lo consiguió, vaya si lo consiguió.

Pongo sobre la mesa del porche acristalado una caja de pastas.

—¿Me está diciendo que murió aquí?

—Qué detalle. Tengo el azúcar un poco alta, pero a estas alturas...

Abro la caja

—Sí, hija. Nadie lo hubiera pensado. Cuidó con dedicación a su tía ciega hasta que la hospitalizaron. Del hospital salió en una caja. Su marido se deslomaba trabajando esos prados abandonados durante años, llenos de zarzas, arbustos y malas hierbas. Incluso pagó un semental para montar a las vacas. Una familia ejemplar.

La anciana coge una pasta de la caja.

—Lo curioso es que la enterraron aquí.

—¿Sabe la razón?

Sube los hombros a modo de respuesta y se mete una pasta de chocolate en la boca.

—La familia se quedó hasta que murió la tía. La verdad es que se portaron muy bien, porque era ciega y no quería ir a un asilo. Nombró herederas a las sobrinas y como administrador al padre hasta que ellas tuvieran la mayoría de edad. Lo cierto es que él enseguida vendió todo y se volvieron para el valle de Baztán. Fue extraño que todo lo dejara a sus dos sobrinas

—Dirá tres. Eran tres sobrinas: Josefina, Asiera e Itziar.

—No, no, nunca fueron tres. Siempre fueron el padre y las dos hijas.

Calixto me enseña a hacer cuajada. Primero buscamos las piedras adecuadas en la regata. Estoy contenta. De vez en cuando desvío la mirada por si Jon aparece. No me atrevo a preguntar por él, creo que se me nota. Al menos eso es lo que dicen; el amor se nota. Introducimos las piedras en la estufa de leña de Calixto. Mientras se calientan, bajamos y ordeña algunas ovejas. Subimos la leche en un par de cubos de metal. Para cuando llegamos, las piedras ya están al rojo vivo. Con unas tenazas, Calixto introduce un par de piedras en los cubos; la leche hierve de manera automática. En otro cubo de metal coloca un paño y, después de quitar las piedras, cuela la leche hervida. Echa unas gotas de cuajo, removemos y, con un cazo, vierto la leche en unos tarros de barro. Como si fuera un caballito de feria, me voy feliz a mi casa con las piedras lavadas en una bolsa de plástico y la cuajada.

Decido ir a la casa rural que regenta Jon y dar un paso adelante. Tardo una hora en arreglarme. Me siento valiente y confiada. Voy con Lunar hasta Aniz y lo dejo atado a un árbol. Respiro hondo, acomodo la ropa a mi cuerpo y, con cientos de abejas zumbando en mi estómago, subo la cuesta.

Le digo que me gustaría ser algo más que su amiga. Contengo la respiración, tengo miedo de su respuesta.

—No puede ser. Quiero a otra persona.

Lo dice tranquilamente, como si fuera una frase más lanzada al azar. Sigo respirando y en el reloj corren los segundos. Mis sueños acaban de morir pisoteados. No hace falta que siga, no quiero que siga. Le miro y le detesto por decir no en vez de sí, por no saber leer en mi rostro mis ansias de él. Clavo las uñas en el interior de la palma de mi mano. Debo mantener la dignidad. Trato de enderezar la espalda, de alzar levemente la cara. Pienso que no hay nadie mejor que yo, que soy como un rascacielos que volverá a alzarse orgulloso y que, cuando quiera mirarme, el sol deslumbrará sus ojos. Tengo que decirle algo, pero no se me ocurre nada. Pienso con rapidez y de mi boca sale un:

—Me lo imaginaba. —Esas tres palabras han surgido con facilidad, creí que se me atragantarían, pero veo que no, se han deslizado por mi boca como un desfiladero untado en aceite.

—¿Se me nota?

—Claro, pequeños detalles.

Bien. He estado bien. Tengo que seguir por esa línea, general, ambigua. Siento un gran dolor en el estómago, hay una rata dentro de una jaula pegada a mi vientre. La rata hambrienta come, muerde y se alimenta de mi estómago. Lo vi en un museo de la tortura, no recuerdo dónde. Me pareció atroz. Así me siento.

—¿Qué detalles? —pregunta inseguro.

—A veces miras al horizonte y te quedas allí. Parece que no quisieras volver.

Lo que digo es cierto. Lo creía de verdad y creía que esa persona era yo. Miro a Jon y le ordeno a mi cerebro que le mande a mi boca que mueva mis labios en sentido ascendente para que pueda articular una sonrisa.

—Tienes razón. Estoy muy enamorado.

Y me lo dice así, de repente, de golpe. Me parece injusto que esto acabe sin haber empezado. Yo quería tener miles de orgasmos, de besos, de abrazos, de mimos, comerme su corazón, no por capricho, sino porque él me lo hubiera ofrecido.

—Lo que yo te decía, debes confiar en mí. Puedo ser algo más que tu amiga. —Con esta última palabra vuelvo al punto de partida de la montaña rusa, recupero mi dignidad y firmo mi sentencia de muerte.

De repente, vomito. Pero cómo vaciar un vacío inmenso, sin fondo. Lo siento en mis entrañas, agarrado a mi vientre. Y cómo llenarlo si hace agua por todos los lados, si está agujereado.

—Algo te ha sentado mal.

Sí, me sienta mal la vida, el amor, el futuro, joder, joder.

Me acaricia el pelo. Sonrío levemente. No me gusta su mirada: pena, siente pena. Yo le inspiro pena. Vuelvo a vomitar. Puta cuajada.

Me cuenta que tiene novio. Intenta arreglar los papeles para traerlo a España. Le conoció en un viaje a Cuba. Le ayudará a llevar la casa rural y la granja. Su voz es el eco de mi historia. Me dice que no puede contarlo. No mientras vivan sus padres, no mientras quiera salir adelante en el pueblo. Retengo mis lágrimas; buena chica.

En casa, el reflejo del espejo me dice estúpida. Lloro como un riachuelo, como un mar, como las cataratas del Niágara. Me tomo un par de pastillas para dormir.

No quiero sueños.

Me levanto catorce horas después. Algo dentro de mí me dice que soy otra. Observo la máscara que congela mi mirada. Una niebla espesa cubre el velo de la derrota. Me interrogo frente al espejo. No sé qué piensa la máscara ahora que, cual náufraga en una isla diminuta en medio del espacio, pasa el tiempo. Las naves del capitán, mi capitán, partieron y, tras largos años de espera, sé que no volverán.

Era bonito tener esperanzas, pero no fueron tan fuertes como para rescatarme.

Cuando tienes poco y te quitan algo, es catastrófico.

Cojo la cruz de lo alto de la puerta y la echo a la hoguera. Me asombro ante mi audacia.

Los días pasan y el tedio de las horas consume todas las fantasías. Ellas, como pájaros, han emigrado, y ahora nubes de tristeza pueblan el cielo. No sé qué hacer con mi tiempo. La casa y yo volvemos a estar sucias. Los platos y vasos se acumulan en el fregadero. Me retuerzo entre la mugre. Lleva días lloviendo. El agua gotea en el porche y suena a grifo viejo. Camino con Byron hasta la ericera. Compruebo que está en perfecto estado. Con dificultad extraigo un par de ramas y veo que las castañas siguen ahí. Estoy orgullosa del trabajo que hice; me siento mal porque me siento bien. Vuelvo a casa, cojo la lata de gasolina, el mechero y prendo fuego a la ericera.

Quizá es el destino. Tal vez estaba escrito desde el principio. Debo asumirlo. Aceptar que el amor no es para mí. Porque he soportado mierdas desde siempre y me decía que no estaban tan mal, que era bonito tener compañía, pasear del brazo, tener unos ojos a los que mirar. Y después se termina y te dejan, porque siempre te dejan, y piensas que te has sacrificado para nada y comienzas a desesperarte hasta que encuentras otro mierda que apesta menos, y olvidas el daño y la vida comienza de nuevo. Pero ese comienzo es ficticio porque es una cuenta atrás hacia el final. Y ahora estás ahí, en el final, convertida en una mierda, como ellos. Y recuerdas las palabras de Gamoneda: *Detrás de la oscuridad están los rostros que me han abandonado.*

Sí, ahí están. Los veo.

La ericera sigue humeando. Me siento bien porque estoy mal.

«El muerto va cambiando a lo largo de los años: de agonizante a fallecido, luego cadáver, alma que se eleva, difunto y, al final, antepasado que se aleja de sus seres queridos. Cada tiempo representa un nuevo distanciamiento. Es así como los vivos deben experimentar el duelo y asumir la muerte».

William A. Douglass, *Muerte en Murélaga*

Pregunto a los mayores del pueblo por el día que volvió la familia de cuidar a la tía ciega. Por supuesto que se acuerdan, cómo no se van a acordar, me dicen. Qué desgracia más grande, la madre muerta al dar a luz. Aquel padre con el bebé recién nacido.

Pienso que algo no cuadra. En Tolosa solo estaban el padre y las dos hijas: Josefina y Asiera. La madre murió, y luego la tía. Si volvieron con un bebé, quiere decir que una de las dos hermanas se quedó embarazada, y solo podía ser Josefina, que por aquel entonces tenía catorce años.

Me dirijo a su casa.

La imagen de Jon acude a mi mente. Un puño invisible me agarra los pulmones y me deja sin respiración. Me agacho e intento recuperar el aliento. No me jodas, Sylvie, me digo, hemos quedado que nada de pensar en ese que ha arruinado tus esperanzas. Dale tiempo, lo que pasa es que no ha conocido una mujer como tú, ten paciencia, acabará enamorándose. Seguro.

Me recompongo y me planto frente a la casa de Josefina.

Quiero hablar con ella. No abre la puerta. Cojo un tocón de madera y, con un pequeño salto, me pongo a la altura del balcón. Golpeo las puertas con un palo. Nada. Aproximo mi cara entre los barrotes y dirijo mi voz al hueco que queda entre las dos puertas.

—Érase una vez un padre, una madre y dos niñas que fueron a cuidar a una tía que era ya muy mayor y se había quedado ciega. La familia estaba en la miseria y la madre creyó que era su oportunidad para tener una vida mejor, intentar que la vieja les hiciera herederos. Tal era la desesperación de la madre que, aun sabiendo que tenía una enfermedad terminal, viajó hasta Tolosa y la cuidó con devoción hasta que tuvieron que ingresarla y murió de cáncer. —El tocón de madera se mueve y debo llevar los pies al centro para recuperar el equilibrio—. La hija mayor, una jovencita llamada Josefina, comenzó a tontear y salir con chicos. Sabía que nadie la conocía, por primera vez era libre y no pensó en las consecuencias. Menos mal que su padre la cuidó, la protegió de la deshonra y, cuando dio a luz, dijo que era hija suya. Entiendo por qué vas todos los días a cuidarle, ahora comprendo por qué estáis tan unidos y tiene tu foto enmarcada en la habitación. Josefina: tú eres la madre de Itziar.

Una abeja revolotea sobre los geranios. Empiezo a dar manotazos, entro en pánico y aporreo con el palo el cristal para que me abra.

—Deja de golpear la puerta del balcón —me dice Mari desde el otro balcón—. Está aquí, en mi casa. Lo hemos oído todo. Anda, ven.

Tiro el palo y salto del tronco.

Estoy de pie en la cocina de Mari. Josefina está sacando la fruta del carro de la compra. La deja en el suelo para que Mari la coloque a su gusto y altura. Parece un gesto cotidiano. Así que Josefina le hace la compra.

—Tienes razón —dice Josefina—, mi padre me quería mucho, tanto como para violarme una y otra vez. Cuando a mi madre la ingresaron en el hospital, me usaba como si fuera su mujer. Me recuerdo callada, mordiéndome la mano derecha. Todavía tengo la cicatriz. La cuido mucho para que nunca desaparezca. Mira.

Deposita dos patatas en el suelo y me enseña.

—Supe que estaba embarazada creo que a los cinco meses. Ahí es cuando paró. La tía abuela murió tres meses después, así que nos quedamos hasta que yo pariera. Cuando comenzaron los dolores, me llevó a una borda en el monte junto a las vacas y a los terneros recién nacidos.

Desde el suelo, Mari se afana en ordenar los alimentos. No me engaña, tiene las antenas orientadas a Josefina.

—Recuerdo tumbarme en los helechos, entre la mierda de las vacas. Recuerdo aullar y llorar de dolor. En cuanto nació, sabía lo que debía hacer con el bebé, lo había visto en los animales de la granja.

—¿Y él? —Evito decir la palabra *padre*.

—Estaba fuera, fumaba, bebía, le daba igual. La llamé Itziar, que significa 'aquella que ama el mar'. En aquel entonces mi obsesión era ver el mar, tanta agua junta en ese territorio inmenso y azul. Él quiso matarla y dejarla en el monte y que se la comieran las alimañas, pero yo todavía tenía fuerzas para huir. La metí dentro de mi camisa y me dirigí monte abajo. En la casa nos lavamos y la saqué a la calle, y a la primera persona que pasaba le conté la historia de mi madre y de cómo se había muerto al dar a luz.

Mari y yo callamos.

—No pudo hacer nada. Tuvo que aceptarla. Me quedé cerca de mi hija para que no le sucediese nada.

Me gustaría matar a ese cerdo. Sería fácil, una almohada aplastada contra la cara y se moriría como un pajarito.

—Pero ¿cómo un padre puede hacer algo así? ¡Era tu padre! —exploto.

—¿Por qué acudes todos los días al asilo? —pregunta Mari muy tranquila.

—Para que todos los días de su vida vea nuestra foto y recuerde lo que me hizo. No hay mayor castigo que que siga vivo como el vegetal que es. Cada vez que voy le recuerdo lo que me hizo, no me guardo ningún detalle. Le digo que va a ir al infierno y que sufrirá por toda la eternidad.

—Entiendo que hayas matado a las vacas de la Asiera. Yo habría hecho muchas más cosas —añado.

—No lo hice. Yo no las maté. ¿Para qué voy a esperar tantos años a vengarme?

—Pero, entonces, ¿quién? —me pregunto confundida.

—Da igual. Lo importante es que no digas nada. Hay que respetar a Josefina y su secreto. ¿Está claro? —me dice Mari.

—Claro —respondo lo más convincente que puedo.

El camino está sembrado de esqueletos, figuras humanas detenidas tras la erupción de un volcán. Me abrazo a ellas mientras toco sus troncos rugosos de lenguas de gato. Clavo las uñas en ellos. Las limo en su corteza con un placer suicida hasta que la piel se levanta. Una luz nerviosa parpadea entre las ramas y mancha el suelo que piso, penetra en el bosque y me muestra senderos que no me interesan. Las hojas del suelo brillan de una forma extraña bajo la luz blanca del alba. Detrás, el cielo permanece todavía oscuro, un cielo de invierno triste a punto de explotar. Las hojas crujen a mi paso. La helada nocturna las ha cubierto de belleza y tilitan como estrellas terrenales tapando la putrefacción. Me digo que hay esperanza, que existe algo mejor que Jon. Debo tener paciencia. Mi corazón no reacciona, se encuentra detenido en algún lugar de esta historia de torpeza y desamor.

No te engañes más, Sylvie, no ha habido nada, todo estaba en tu cabeza, en esa puta cabeza que tienes. Ahora reacciona y sal adelante.

Me quito el abrigo, el jersey, las bragas, los zapatos y calcetines. Me quedo desnuda.

Soy frágil. Me parezco a estas hojas que ahora piso sin pararme a pensar que pertenecieron a un árbol enorme, frondoso, brillante. Ellas bailaban al viento en días de eterna fiesta creyendo que duraría siempre, y ahora están muertas y ando sobre ellas y oigo su crujido y tiemblo como debieron de temblar cuando cayeron.

Busca una salida. No dejes que te pisen.

El terror es esta casa.

Una tumba. Un lugar yermo, sin emoción, con muebles aplastados por las sombras.

Estoy muerta y sepultada bajo metros de tierra.

La nieve comienza a caer de madrugada. Su aliento de quirófano entra bajo la puerta para besar mis pies fuera de las mantas.

Me levanto, pero no veo nada. Alguna forma fantasmal se adivina tras la ventana, una boca enorme expulsa copos de nieve contra el cristal. Hace frío. Voy a encender la cocina de leña, pero veo que el cesto está vacío. Otra vez se me caen las lágrimas y los mocos. Salgo al porche y me calzo las botas de agua. De una patada me las quito, están heladas, arranco el hielo de su interior, los dedos me duelen. Noto cómo el agua moja los calcetines mientras camino hasta la leñera. La tempestad abofetea mi cara y me quita la capucha. Aprieto los dientes y bajo la cabeza para protegerme de su ataque.

—¡Déjame! —grito a la oscuridad.

Cargo la carretilla con leña y la entro a la cocina. Tiemblo al quitarme la ropa mojada. Con un trapo de cocina me limpio la cara y me seco el pelo.

Jon, no te imaginas el destrozo.

Byron me mira y entiendo lo que quiere. Le coloco una manta en el suelo al lado de la estufa de hierro. Retiro las sillas y la mesa y arrastro mi colchón a su lado.

Me despierto y el día parece moho gris que sube por mi piel, por el suelo y las ventanas, contamina la comida de la mesa e incluso traspasa el cielo. La luz amarilla de la cocina raja el manto de nieve y semeja una herida infectada.

Salgo descalza y me llega un olor de humo frío. Me siento fuera de lugar en medio de este paisaje de cuento navideño. La nieve cae entre un silencio de tensa espera, casi amenazador. El cielo pesado, similar al mármol, amenaza con aplastarme. La quietud del paisaje me angustia. No se oye nada, ni siquiera un ladrido lejano. Es como si hubiera llegado el fin de todo y yo fuera la única superviviente. La nieve cubre con su mortaja blanca el prado, las flores, la luz del estanque, la verja roja de madera, y me produce una sensación de hospital. El aire helado se cuela en mis fosas nasales y me cuesta respirar. No hay lugar que consuele mi mirada.

Necesito descansar.

La nieve se arruga sumisa y acoge mis huellas con devoción camino de la regata. Sobre una piedra descansa una lamia. Sus pies de pato juegan con el agua mientras se peina el cabello con un peine de plata.

La miro y me sonríe. Me hace gestos para que me acerque a ella. En la orilla, noto la fuerza de la corriente. Introduzco un pie y, al apoyarlo en una piedra cubierta de musgo, resbalo. Me caigo de rodillas. Ella permanece hierática. Sigue sonriendo y peinándose el pelo. Parece no verme, estoy vacía, abandonada bajo la nieve, aterida, luchando por llegar hasta ella. Me enfado, la insulto, le pido ayuda, me desespero, agarro una raíz de abedul y, con las pocas fuerzas que me quedan, salgo del agua sin mirar atrás.

Los moldes de mis pies en la nieve son migas de pan que me ayudan a llegar a casa. Permanezco debajo de la ducha hasta que me quedo sin agua caliente.

Tengo la rodilla hinchada, no puedo andar. No me queda más remedio que llamar a Jon para que me lleve al consultorio médico. Llega preocupado, frunce el ceño al cerrar el coche. Desde la ventana veo que ni se molesta en ponerse el abrigo, se sacude las botas antes de entrar por la puerta de la cocina.

He ensayado este momento con detalle. La escena semeja una foto de Dorothea Lange, una de esas en las que lo único que ves es hambre. Pero esta hambre es de mentira. No hay dignidad en mi hambre, ni empatía ni apoyo. Es una enfermedad que me seca la piel, penetra en mis venas y las convierte en hilos de lana por las que no corre nada. No es la desesperación, el abandono, lo que me tortura, es la convicción de que esta soledad me va a volver loca.

No he encendido la luz y he dejado que el moho gris corrompa mi cuerpo. Me he puesto un camisón blanco —estoy débil—, una chaqueta enorme de lana que me tapa las manos —estoy sola—. La pierna reposa sobre un taburete —estoy desvalida—. Hay unos trozos de pan duro sobre un plato y he dejado que se apague la estufa de leña; hasta él, que está habituado al frío, se dará cuenta.

—Madre mía, Sylvie, ¿qué ha pasado? —pregunta al cerrar la puerta tras él.

En dos zancadas está de rodillas frente a mí.

Así te quiero siempre.

—Me resbalé en la nieve. No me di cuenta de que el suelo era todo hielo.

Y me pongo a llorar. Controlo cada lágrima, las dejo caer con suavidad poética de virgen doliente. Si exagero, se incomodará, así que vuelvo la cara para que no me vea.

—Pero ¿estás llorando? ¿Tanto te duele?

—No estoy llorando. —Me limpio con la chaqueta y le miro a los ojos.

Me coge las manos, pero las retira en un gesto involuntario.

—Están heladas —me dice con cara de horror.

Byron sacude la cola y lame la mano de Jon. Somos dos perras buscando cariño.

Una luz muy blanca se filtra por la ventana, demasiada claridad para un escenario perfecto. Vuelvo la mirada hacia la nieve que cae en el exterior como una cortina de seda. Me alza en brazos.

—¿Qué haces?

—Te vienes conmigo.

—¿A dónde?

—Te llevo a casa.

No responde: a mi casa.

Desde su altura veo la casa que se encoge arrollada por el poder de Jon. Abre la puerta de la casa con una mano y me deja en el asiento delantero del coche. Me dejo caer lánguida y etérea. Byron salta a mis pies.

A casa.

Al dar marcha atrás con el coche, pienso con placer en el día que prenda fuego a esa otra casa que empequeñece con la distancia. Que arda hasta que solo queden un manojo de piedras.

Llevo una semana en casa de Jon.

Casa, Jon.

Estoy dentro de esas dos palabras. Justo en medio.

Jon cocina para mí, lava mi ropa, la tiende y la deja doblada encima de la cama. Ayer me secó el pelo y le enseñé a hacer una trenza. Me peinó bajo la ventana, entraba una luz preciosa que se derramaba sobre nosotros. Parecían las manos de Dios, que bendecían nuestra unión.

Me desplazo con unas muletas. El médico dijo que era un esguince y que no apoyara la pierna en el suelo y tratase de mantenerla en alto.

Un mes. Ese fue el plazo. Quedan veintitrés días.

Hoy no puede atender la casa rural. Llega una familia de Madrid y tiene una vaca pariendo. Me pide ayuda. Mi paciencia tiene recompensa. Soy la araña que ha tejido su red y espera a la presa.

Llega cansado de madrugada. Le espero en el salón viendo la tele. He cocinado el único plato que sé hacer bien: un guiso de verduras con patatas y carne, no tiene mucho secreto, pongo todo en una perola y se hace en un par de horas.

Se deja caer a mi lado mientras exhala un suspiro. Reposa la cabeza sobre el respaldo del sofá y cierra los ojos. No le toco. He aprendido que no le gusta la intimidad, solo la distancia. Es un misterio que quiera peinarme.

—¿Cómo ha ido? ¿La familia ha dado mucha guerra? —me pregunta mientras le acompaño a la cocina.

—No te preocupes, son encantadores. Vinieron cansados, solo querían una ducha y que les recomendara un lugar donde cenar. Les enseñé la casa, dónde estaban las toallas, la ropa de cama y cómo funcionaba la calefacción. Les di un juego de llaves y me vine.

—Te lo agradezco muchísimo —me responde a la vez que se lava las manos en el fregadero.

—Es lo menos que puedo hacer por ti.

Contemplo su espalda enorme y solo quiero abarcarla con mis brazos y reposar mi cara en ella.

—Y encima has cocinado —me dice agradecido—. *Eskerrik asko.*

—Tengo mucho tiempo libre. Me aburro. Venga, vamos a cenar juntos, al fin me ha entrado el hambre.

Me cuenta que está preocupado, llega diciembre, justo cuando nacen los corderos. Tiene bastantes encargos para las fiestas de Navidad.

—El cordero lechal es el mejor —me informa mientras se devora el guiso a cucharadas.

—Si quieres, puedo ocuparme de la casa rural. He visto las reservas y está completa todo el mes y la primera semana de enero —dejo caer con toda la despreocupación que puedo.

La cuchara queda detenida en el aire y un poco de caldo vuelve a caer en el plato. Retengo la respiración. Doy vueltas a mi cabeza de si ha sido el mejor momento. Llevo días que quiero hablarle, pero tal vez ha sido demasiado pronto, necesito tiempo para que me vea como una compañera. Que piense que soy indispensable. Su aliada. Su amiga. Que no le voy a causar problemas, al revés, solo le voy a beneficiar.

—Aunque ya estoy mejor y podría marcharme a mi casa en un par de días. Ya te he molestado demasiado.

—Eso es una tontería. Hace mucho frío. El otro día, cuando me traje al burro, las cañerías estaban congeladas, creo que alguna se ha agrietado. *Ez zara irtengo.* Tú no te vas.

Tú no te vas.

Tú.

No.

Te.

Vas.

Claro que no me voy. Voy a quedarme en esta casa hasta el final.

—Jon, la gente comienza a hablar de nosotros. El otro día una mujer me maldijo por vivir en pecado contigo.

La cena es nuestro momento de relax, donde hablamos de cosas cotidianas con suma facilidad. Siempre tiene que ser a las siete de la tarde; si cenamos más tarde, le entra el sueño y no me hace caso.

Hoy ha llegado antes. Es el momento perfecto.

—Creo que deberíamos casarnos.

Ya está, ya lo he dicho. La bola de acero que destrozaba mi pecho acaba de salir.

Jon me mira con cara de idiota.

No le dejo que asimile lo que le acabo de proponer.

—Si lo piensas bien, es lo mejor. Nos llevamos bien, conozco tu secreto y no me importa. Podrás traer a tu amor a España y vivir aquí con él sin levantar sospechas. He pensado que la borda donde está Lunar es ideal para reformar y convertirla en la casa de… —Me detengo porque no conozco su nombre. No quiero saberlo; en cuanto lo diga, lo escupiré lo más lejos que pueda.

Sonrío y le animo a que complete la frase.

—Emeterio. Aunque le llamo Eme.

Claro, eme de mierda, de marica y de malparido.

—Eme puede trabajar en la granja, siempre has querido tener más vacas y ovejas, esta es tu oportunidad. Yo puedo llevar la casa rural, hace falta una mujer.

—*Ez*.

—Piénsalo.

—Pero, Sylvie, yo... no te quiero.

Mi sonrisa se queda ahí, detenida, muerta cual culebra en la carretera. Para distraerme, doy vueltas a la taza de leche con ColaCao. La cuchara golpea las paredes de loza y mi corazón se acompasa al sonido. Su ritmo se reduce hasta que solo es un repique de campanas tocando a muerto.

—Me quieres de otra manera, hay otras formas de amor, como el de la amistad. Lo que está claro es que llevo poco tiempo en tu casa y ya murmuran. ¿Te crees que vas a poder llevar una vida limpia y sin sospecha viviendo con un hombre negro al que encima has traído de Cuba?

Jon se levanta arrastrando las patas de la silla. Me da la espalda.

—Es mulato.

—Da igual. ¿Cuántos mulatos viven en el valle de Baztán? No seas ingenuo.

—Hablas de casarnos. De una boda, con todo lo que conlleva.

No me mira. Recoge los restos de la cena y se pone a lavar los platos.

—Es la única que vas a tener —le respondo mientras le paso los cubiertos.

—Hay mucho *bakarrekoa* y no pasa nada.

—Pero viven con sus padres o hermanos o solos, no con un mulato cubano. ¿Has pensado lo duro que va a ser para Eme vivir aquí? Todo va a ser diferente: el clima, el idioma, la gente, el entorno, lejos del mar, de la música, de la alegría.

Lo pierdo, ya tiene la nube sobre su cabeza. Esto no marcha como lo había planeado. Mi razonamiento es tan lógico que no le veo pegas. Quizá le parezca moralmente reprobable. Tal vez piensa que se aprovecha de mí.

—Si vuelvo a la casa, me moriré.

Jon deja el tenedor en la pila y me mira. Estoy a su lado secando los cuchillos. No le miro. Ahora la situación se invierte. Le rehúyo y, como no sé qué hacer para tener las manos y los ojos ocupados, cojo el estropajo y limpio la pila. Jon posa su mano sobre la mía y la aprieta. Por las comisuras de nuestras manos escapa una espuma blanca de jabón, algo parecido a un perro con rabia.

—¿Tengo que comprarte un anillo?

Caigo de rodillas y me pongo a llorar. Jon se sienta a mi lado.

—Sylvie, eres joven y guapa y muy inteligente. Podrías enamorarte de alguien que te corresponda y casarte y tener hijos. No te entiendo.

No me abraza, solo me sostiene con la mirada.

—Yo tampoco me entiendo. De verdad que intento pensar de otra forma y la única opción es irme a casa de mis padres, pero esa es peor que quedarme en la borda. Quiero estar aquí y ser feliz. Me siento útil dirigiendo la casa rural, se me da bien.

—*Bai*. Lo haces mejor que yo.

—Entonces, solucionado. Y sí, tenemos que comprar unas alianzas.

—¿Vendrá tu familia?

—No.

—*¿Ez?*

Me reafirmo con un movimiento de cabeza.

—No se lo voy a contar. No tenemos relación ni la vamos a tener. Arruinarían la boda, sobre todo mi padre. Es mi boda.

Me doy cuenta de que mientras digo esto lloro, lloro como si no fuera yo quien llorara, sino alguien que estuviera por ahí cerca. Era como si no me diera cuenta de estar llorando, como si estuviera segura de que era otra la que estaba ahí llorando en mi lugar.

—Pero *¿zergatik ari zara negarrez?*

Con un gesto le digo que no le entiendo.

—¿Por qué lloras?

—Así es como muestro mi felicidad, llorando.

—Tienes una manera muy extraña de ser feliz.

Ya no le temo al invierno frío, la primavera húmeda, el verano caluroso, el otoño lleno de hojas secas. Será un hombre casado de cara al pueblo. Seremos amigos. Tendré una casa caliente, un marido, una casa rural, una granja.

Nada puede salir mal.

La boda es una ceremonia sencilla con muy pocos invitados. En una isla no cabe mucha gente. De mi parte solo están Mari y Calixto, que me acompaña al altar. Dos personas la izan por las escaleras escarpadas y la sientan en un banco de la iglesia. Lloro toda la ceremonia. El ramo de margaritas se lo doy a Mari.

Entro en mi habitación y recorro las paredes con la mano donde está el anillo de casada. Están secas y limpias. Acaricio las yemas entre mis dedos y no encuentro rastro de humedad. Fuera, el canto de los pájaros en el roble se une al temblor que produce la tierra cuando se acaba el día, ese temblor se difumina entre los árboles produciendo una música dulce y triste.

El día de mi boda ha terminado. Me meto en la cama.

—No le quiero como amigo.

Byron me mira desde su cojín. Abre la boca para bostezar antes de apoyar la cabeza sobre sus patas.

—Tienes razón, vamos a dormir. Mañana es el primer capítulo del cuento de la joven que vivía en medio del bosque sola a merced de la tempestad y el frío y fue salvada por un caballero muy guapo que la llevó a su castillo y se casó con ella porque se enamoró al instante.

Los días son agradables. No me importa si llueve, graniza o hiela. El tiempo ha dejado de existir. Jon compra un radiador eléctrico porque le digo que no voy a calentar la habitación con leña. Se lleva la estufa de hierro. Pronto me acostumbro a mi vida nueva, a mi habitación con baño incluido. Es caliente, amplia, parece que me alojo en un hotel de lujo. Por lo demás, no nos vemos mucho. Jon lleva la granja, yo atiendo la casa rural. Entre semana no hay mucho jaleo.

Pero…

Marguerite Duras me entiende: *No era nada, el corazón no tenía nada, yo ni siquiera estaba triste, había llegado al cabo de alguna cosa, eso era todo.*

… nunca me toca.

Los padres de Jon vienen a comer. Me hace tan feliz ver a Calixto y Ángela. En el postre, Calixto comienza a cantar. Jon se une. Dejo caer la espalda sobre el respaldo de la silla y sonrío. Ojalá pudiera guardar esta escena en una caja de deseos. Tendría una bailarina y música, virutas de chocolate y lana de oveja. Ángela sigue el ritmo golpeando la mesa con los nudillos. Padre e hijo se miran a la cara mientras cantan. El flan se mueve al ritmo de la canción. Tengo las manos entrelazadas sobre la mesa. En este momento soy tan feliz que quiero llorar. De reojo veo aparecer la tristeza, que avanza por el triángulo de luz que deja la puerta entreabierta de la cocina. Quiere mostrarme los detalles de mi escena perfecta: la pata de la silla se mueve, el suelo cruje, el vaso tiene una muesca, las huellas en el cuchillo, quizá hace un poco de frío. El instante perfecto acaba de morir.

Me corto el pelo sobre los hombros. Eme lo lleva así. Como un mulato surfero. Comienzo a vestirme con camisas anchas, pantalones. Modifico mi manera de andar, de hablar, incluso de coger los cubiertos para comer. Una noche vaciamos un par de botellas de vino. Detesto el sabor del alcohol. Le agarro de la mano y le llevo a mi habitación. Le bajo los pantalones, me quito los pantalones y las bragas y me pongo a cuatro patas sobre la cama. Intenta penetrarme. No puede.

—¿Qué problema tienes? —le pregunto cabreada.

—Ninguno.

—Cierra los ojos —le ordeno.

—Sé que eres tú. *Ezin dut.*

Me siento sobre la cama.

—Me estás rompiendo el corazón —le digo.

—Teníamos un acuerdo. Y no seas tan dramática; el corazón no se rompe. No tengo tanta fuerza.

Mi vida diaria asemeja una obra de teatro con un guion escrito sin que yo tenga nada que aportar, actores que conocen su papel y yo que deseo ser la directora, pero no paso de la puerta. Mari me aburre. Ya no tiene nada que envidie ni necesite. Su vida está detenida en esa casa. Es un animalillo que da vueltas en una rueda y cree que su mundo es infinito. Dejo de visitarla.

Yo soy fuera.

La pura apariencia, la pose, me inunda. Sobre el agua flota una vida anodina, inmóvil, llena de escenas establecidas, donde finjo que no me ahogo. Los actos cotidianos viven encima de la balsa, anclada en medio de un lago rodeado de bosques petrificados. La balsa permanece ajena a la vida, al viento que la mueva, ni tan siquiera las corrientes la perturban. A veces intenta navegar hacia la orilla o paralela a ella, donde la vida real ocurre, y dejar de ser una mera observadora.

Odio sus caricias de hojaldre. Ligeras, hechas de lascas de aire. Sueño con sus manos después del trabajo, dedos de sudor que se hunden en mi carne y dejan pozos de tierra. Necesito uñas, dientes, barbilla que are la piel y la deje lista para sembrar.

Mi campo es algo yermo y le da igual si llega la primavera.

Me transformo en piedra.

En la víspera de San Juan Bautista, una de las campanas de Aniz toca en la noche. Anuncia que ha llegado el tiempo de encender el fuego del solsticio de verano. Esta fogata se prepara con las hierbas bendecidas en la misa del día de San Juan del año anterior; el helecho, la hierba de la virgen, que viene a ser una margarita pequeña, la malva y el espino blanco se secan en el suelo del desván y se conservan colgadas en manojos. La hoguera proyecta nuestras siluetas sobre las paredes de las casas.

Me quedo hipnotizada contemplando la sombra de Jon; enorme, llena de poder.

Vuelvo la mirada y ahí estás, envuelto en humo te descalzas y te enrollas el pantalón. Ríes. Saltas sobre las llamas y aterrizas frente a mí. Me pasas la mano por la mejilla y te marchas. El dolor debería ser esdrújulo, porque sierra mi pecho y me doblega hasta dejarme de rodillas.

Por la mañana, voy con Lunar a mi antigua casa. Byron me sigue como puede. Abro la puerta. La casa huele a humedad, a papel, veo mis libros amontonados de cualquier manera. La ceniza de la chimenea me recuerda el último fuego y la mujer que lo encendió. Aquella víctima solitaria era el daño colateral de un abandono. Ahora yo soy la que ha puesto una bomba y la ha detonado. No poder echar las culpas es una desgracia difícil de superar.

«La tapa de madera del ataúd lleva un crucifijo que permanece sobre él durante todo el velatorio, la procesión y el entierro. La familia lo recoge al entregar el ataúd a los sepultureros. Este crucifijo se convierte en adorno permanente en una de las paredes de la casa y para los supervivientes representa un recuerdo del muerto».

William A. Douglass, *Muerte en Murélaga*

—Sé que has sido tú la que has matado a las vacas. Odias a tu hermana porque lo único que haces es trabajar. Sabes que se hace mayor y que pronto te vas a tener que encargar del establo y de la tienda.

Itziar cierra la caja registradora y mira alrededor con cara de pánico.

—No es el momento. Hay gente.

Lo que no sabe es que he esperado a la hora punta para entrar y hablar con ella. Estoy harta de mentiras. No, esa no es la razón. Estoy furiosa y quiero que todo a mi alrededor se hunda. Si voy a explotar, espero que la onda haga el máximo daño.

—Tu madre es Josefina. Tu abuelo violaba a su hija mientras tu abuela estaba en el hospital enferma de cáncer. Eres fruto del incesto.

Los compradores detienen su actividad. La tienda se paraliza.

—La dejó preñada y en cuanto tuvo los dolores de parto la llevó al monte. Quiso dejarte en el bosque para que te comiera lo que fuera que hay en el bosque. Josefina aceptó callar y propuso la mejor solución; no eras su hija, sino su hermana. Asiera lo sabe desde el principio. Lo utilizó para quedarse con todo y no contar el secreto. Te usa porque te detesta. Odia lo que representas.

—No es verdad, mientes —dice horrorizada Itziar.

—La verdad es que tu padre violó a tu madre. Su hermana, Asiera, que en realidad es tu tía..., bueno y también tu hermana porque tenéis un mismo padre, es una puta mentirosa, y ambos se han ido de rositas.

—Jon, no hemos ido de viaje de novios.

—Nos casamos hace meses.

—Lo sé, pero me gustaría ir al mar. Lo del viaje de novios es una tontería que me acabo de inventar.

No contesta. Con la manguera, limpia el suelo donde están los estanques de leche.

—Podemos salir después de que hayas ordeñado. Además, este sábado la casa rural no está reservada.

—Pero dormimos en casa.

—Claro.

Llegamos a Hendaya por la tarde.

Entre las calles se oye el susurro de la gente que llena las terrazas, a veces estalla una risa que parece el relincho de un potro. Al torcer la esquina me encuentro con los ojos de Jon, con ese azul oscuro del mar de Francia. Siento un escalofrío que trepa entre mis brazos y se cuela bajo el vestido. Un autobús se detiene sin apagar el motor y me tapa la visión de la playa. El conductor no se baja. Abre las puertas y una lengua de colores y sonidos salta al suelo. Cuando el último chico baja, el autobús se va. Los niños corren por la arena levantando a su trote una nube de polvo, el viento hincha sus camisetas como velas de barco. Algunos sacan unas tablas pequeñas y, sin dejar de gritar y correr, nadan hasta las crestas de las olas.

Por todas partes se alzan las gaviotas con sus chillos de tiza sobre una pizarra.

Coloco las toallas en la arena e imito a los niños. Jon se tumba boca abajo.

Floto sobre los ojos de Jon. El cielo entero tiembla sobre mí como una hoja bajo la brisa nocturna. El mar me eleva y casi toco el aire transparente que dibuja betas blancas semejantes a las nervaduras de esa hoja inmensa. Alzo la mano y con el dedo recorro la estela de los aviones. Una ola me cubre entera. Abro las piernas y dejo que entre. Olas de carne salada se introducen en mi vagina, oídos, nariz, ojos, boca y estallan dentro de mí. El orgasmo es azul oscuro.

Me tumbo sobre la toalla y cierro los ojos. Noto el calor del sol sobre la espalda. Introduzco la mano bajo la arena y dejo que resbale entre los dedos. Uno de ellos brilla. Mi anillo de casada compite con la luz del día. Sonrío y vuelvo a cerrar los ojos.

Me quedo dormida. Cuando despierto, Jon no está.

Le busco con la mirada. Nada.

Viene desde el fondo de la playa, me parece que del bosque bajo el acantilado. Habla con alguien, ya más cerca veo que toca el brazo de su interlocutor y se separan. Cuando creo que mira en mi dirección, muevo los brazos llamando su atención. Camina despacio, sin prisa. Al llegar se tumba a mi lado.

—No sé cómo puedes dormir aquí. Sin la sombra fresca de los árboles, el canto de los pájaros, esto es un desierto. Aquí no hay vida, solo arena y sal.

—Ven conmigo —le digo mientras me levanto y extiendo mi brazo hacia él.

—No me gusta el agua.

—¿Te refieres al mar?

—A cualquier tipo de agua.

Mi cuerpo está frente a él y le da sombra, Jon baja la mano con la que se tapa los ojos. Permanezco quieta esperando una explicación.

—No sé nadar.

Mi primer impulso es reírme, alto, a carcajada limpia, pero me contengo ante esa victoria inesperada.

—¿Por qué no sabes nadar?

—Porque no lo necesito.

En su respuesta no encuentro vergüenza ni pudor.

—Repasa mi vida cotidiana y dime un solo momento en que haya necesitado estar rodeado de agua. Ninguno, ¿verdad? Por tener no tengo ni bañera.

—Es verdad, no tienes. ¿Por qué?

—Me agobia tanta agua a mi alrededor.

Me hace reír, esta vez con cariño. Me imita y reímos juntos.

—Caminemos por la orilla hasta las rocas del final de la playa. Hay cangrejos y peces, también piscinas naturales para niños pequeños. Podemos sentarnos y apoyar la espalda en una roca. Ya verás qué agradable.

Asiente y se levanta. Se limpia la arena de las piernas. Le quito arena del hombro. Arde.

—Mira, te voy a refrescar.

Corro a la playa y me meto en el agua. Salgo y le abrazo. Es solo un instante, pero hace que valga la pena todo el día.

—¿Te gusta?

—*Bai.*

Muevo el pelo y le mojo a lo perro bajo la lluvia.

Caminamos despacio. Jon anda en la parte más elevada de la orilla. Solo deja que las olas le mojen el tobillo.

Nos sentamos en una piscina lo suficientemente ancha para que quepamos los dos sin tocarnos. El agua nos cubre lo justo las piernas, cuando llega una ola nos cubre hasta el ombligo.

Ebria de amor, paseo mi corazón por tu cuerpo relajado. Pareces un ángel que, de paso por la tierra, se ha parado a descansar en las ruinas de mi vida.

«Olvida las vidas pasadas», te digo para mí. «Olvida, olvida.» Creo que me oyes y callas porque coges mi mano y la aprietas. Pienso que nuestra historia va a salir bien, luego me digo que no es posible un amor como el nuestro porque nunca estará completo y que pronto partirás. Imagino que alzas las alas y te marchas.

—Lo que no entiendo es que fueras a Cuba. Es una isla, es decir, todo agua alrededor. Tú, que no soportas el mar, elegiste el destino perfecto.

—No fui a ver el mar.

El día huye por el fondo del mar. Como una rosa muerta con los pétalos diseminados, deja trazos de color sobre el agua y el acantilado. La playa vacía, lejana, pálida, resplandece bajo un cielo sin color.

Volvemos sin hablar. Intento pensar algo que decir, no se me ocurre nada. La tristeza me llena y hasta el mar semeja una boca enorme que quiere engullirme.

Sacudimos las toallas antes de meterlas en la bolsa.

—¿Te pasa algo? Ya no hablas. Es como si no tuvieras energía.

El olor negro del mar trae mil sonidos: la arena que choca contra mí, piar de pájaros, batir de alas, una espuma de un blanco crudo sobre las olas que me manda callar.

Una nube se alza y se eleva por el cielo como un velero.

—Sí, de repente me siento cansada —digo mientras me ato el vestido cruzado.

Me toca la frente.

—Te ha dado demasiado el sol. *Tira, edan ura.*

Obedezco y cojo la botella que me ofrece. Está caliente y el agua tiene gusto de sal.

—Creo que ya no me gusta el mar.

El aire se enfría anunciando la llegada de la noche. De repente una corriente cálida me envuelve la nuca. Contemplo el mar aspirando el olor amargo del salitre.

—¿Quién era el hombre con el que estabas hablando en la playa?

—*Ez dakit.*

—Para no saber quién era, te vi muy a gusto.

Pasamos por la terraza de un restaurante donde un hombre cocina sardinas en una barbacoa. Una pareja brinda con vino blanco mientras se miran a los ojos. Se cogen la mano libre. Algo dice él, porque a ella se le iluminan los ojos y ríe juguetona.

—¿Qué quieres saber?

—Soy tu mujer, quiero saberlo todo.

—Eres mi amiga. No lo olvides.

—¿Te gustaba?

—¿Quién?

—El hombre.

No me pregunta qué hombre ni se molesta en mentir.

—*Bai.* Lo único que ha merecido la pena de este día.

Una estrella surca el firmamento y se apaga en las olas. El olor penetrante del mar mezclado con el aroma húmedo de la noche me ahoga. Un papel transparente me envuelve entera y me impide respirar.

Jon se ducha y se arregla. Se pone colonia.

—Me voy con la cuadrilla de cena.

—¿Puedo ir?

Existe un lenguaje dentro del lenguaje, una especie de código, de gesto corporal que se refleja en la amplitud del brazo mostrando desdén. El mensaje es tan preciso que no necesito que me conteste.

Se sube en el Suzuki Vitara y no dice adiós con la mano. Aguardo en la puerta hasta que lo pierdo de vista.

Cuando estoy sola, habito un mundo antiguo de espacios enmohecidos, sin aire fresco. Salgo fuera con Byron y Lunar. Dejo que coma la hierba del jardín. La luz del porche alcanza unos pocos metros; más allá, la oscuridad comprime el entorno y crea esquinas ficticias. La sensación de pérdida vuelve otra vez.

La noche se mueve por el horizonte y yo sigo esperándote. Dios creó el color de la noche para que imitara mi corazón negro. La tristeza me llena conforme se alarga la espera en esta casa que, sin ti, es otro ataúd. Sueño que me levanto y la tierra rueda por mi cuerpo hasta el nicho y, en su caída, sepulta el tuyo.

La vida, los extras de la vida: el aire de la noche, el canto del cuco, el vuelo de los murciélagos, las ranas en el prado, el ruido de los caballos, mi cuerpo me ofrecen una promesa inagotable. Avanzo hacia la oscuridad y traspaso los contornos. Una sensación de melancolía casi dulce, una punzada de soledad, me recorre el corazón, como el recuerdo de alguien a quien he amado y no volveré a ver.

Jon no ha vuelto.

Voy a la granja y veo su ropa de trabajo colgada donde la dejó ayer. Las botas tienen el barro seco. Llamo con los nudillos a su habitación. Abro la puerta muy despacio y miro a través de la rendija. Cuando compruebo que no hay nadie, entro con seguridad.

Abro el armario. No sé qué busco, pero lo que sea no está ahí. Husmeo en su mesilla y en los dos cajones. Encuentro varias fotos de hombres desnudos y un par de revistas de porno gay. La tristeza me agarra por sorpresa. Es la confirmación de que tiene una vida fuera de mí y que yo no formo parte de ella. Una caja de cerillas llama mi atención porque Jon no fuma. Hay una frase en ella: «Conocerte es amarte, baby».

Busco el nombre en las páginas amarillas. Es un pub en el barrio de San Juan, en Pamplona.

Miro la hora, sorprendida. Tengo que preparar la casa rural. Darle un repaso y hacer las camas. Recojo unas flores y las distribuyo en jarrones por los dormitorios.

Veo el coche delante de la puerta. Jon está descargando barquillas.

—Me he levantado temprano y he ido al mercado de Elizondo. Mira qué fruta tan buena.

Miente. Me mira a la cara mientras expulsa palabras huecas. Me da unas explicaciones que yo no he pedido. Lleva la misma ropa con la que se marchó y apesta a humo. ¿Por qué razón se ve en la necesidad de mentirme?

—¿Te ayudo?

—*Ez*, puedo yo.

Se echa sobre el hombro un saco de pienso para Byron y, con la mano libre, un melón.

—He comprado todo lo de la lista. No he encontrado el champú.

—No pasa nada.

Y pasa todo.

Comemos en el porche. Necesito aire que remueva mi dolor.

—¿Sabes que Asiera vende las vacas? He pensado comprárselas —me comenta Jon.

—¿En serio? Adoraba sus vacas.

—Ya está mayor. Dan mucho trabajo. Además, Itziar no quiere ayudarla. No le va eso del ganado. Demasiadas moscas y mierda.

—¿Y la tienda?

—También la deja, la va a llevar Itziar. Asiera ha decidido jubilarse.

Nos servimos más puré de verduras.

—No veo a Asiera sin hacer nada.

—Se ha unido a la asociación Arkupeak. Es un grupo de jubilados y de viudas que viajan y realizan actividades y talleres.

—Así que se va a dedicar a la buena vida. A ver si se echa un novio y le cambia esa cara de amargada y ese cuerpo de uva vieja.

—No hables así.

—¿Por qué?

—No está bien.

—¿Ahora me vas a decir lo que debo hablar?

Tú, que me mientes y te aprovechas de mi falta de carácter. Ojalá tuviera el valor para decirte lo que pienso de ti y de tu Eme.

—Solo digo que es una buena mujer que ha luchado mucho. Merece nuestro respeto. Le compraré las vacas, y a buen precio.

—Haz lo que te dé la gana.

Deslizo el plato al medio de la mesa.

—Me voy a dar un paseo con Byron.

Envidio que defienda a Asiera, envidio con quienes ha compartido la noche y les ha dedicado incontables horas que para mí se han perdido. El destino se cuela en mi historia y nadie lo puede detener. Le susurro a la esperanza que intente probar suerte conmigo, que no se dé por vencida. Yo soy la dueña de los prados, de la hierba, que hay en ella y de la niebla que la cubre por las mañanas, de los árboles y del embate del viento sobre ellos, soy la dueña de la casa y de ese cuerpo de espalda ancha y ojos de mar, de mi vida perfecta y feliz. Y de mis sueños, de esos también soy dueña.

No sé qué villavesa coger, pero da igual porque he decidido ir andando. Desde la estación de autobuses he memorizado algunos nombres de las calles.

Camino a contracorriente de la gente en la acera, dudo si hay unas normas establecidas y lo estoy haciendo mal. Pregunto por la calle y una mujer se muestra bastante amable y me da largas y precisas indicaciones del trayecto. Con un gesto de la mano me dirige hacia una calle muy larga que se bifurca. Paso por una pared con carteles contra la Iglesia, y el Opus Dei en particular, además de un llamamiento al boicot a farmacias que se niegan a vender preservativos. A su lado, hay otro que habla de lo contrario, del sida como castigo divino y de que dejemos hacer a Dios su trabajo: no a los preservativos.

Me asombro de lo torpe y cohibida que me siento después de haber estado tanto tiempo sola sin formar parte de ningún grupo. Llevo meses viviendo una vida recluida cuyo empleo del tiempo está pautado por la rutina. No recuerdo la última vez que hice algo por mi cuenta.

La idea de espiar a Jon ahora se me antoja ridícula, ¿de verdad pensaba que podía hacer esto? Me creo parte de una novela, pero nada de esto sirve para ocultar mi cobardía. El miedo a sentarme frente a él y mirarle a la cara y preguntar a dónde va y qué hace. No, eso no me da miedo; lo que temo es la respuesta, y la conozco desde hace tiempo, pero me engaño hasta las últimas consecuencias, necesito rebajarme y humillarme. Esto me hace viajar hasta Pamplona y ver con mis ojos lo que mi cabeza y mi cuerpo saben. Debo llegar hasta el final.

Aquí acaba todo.

El ruido del tráfico es atronador y me llega directamente a los huesos.

El pub tiene las puertas cerradas como si fuera un teatro. En la fachada, domina un largo neón rosa en el que leo: «Conocerte es amarte, baby». Hay varios espejos inclinados, dos a la izquierda de la puerta, uno a la derecha. Alrededor, una multitud de fauna se agolpa. Todos parecen conocerse, pero no se mezclan. Pijas, travestis, rockeros, borrokas, gays, lesbianas, una cuadrilla de pueblerinos. Algunos llaman la atención con sus hombreras, chorreras en el pecho y en los puños que sobresalen de las mangas de las casacas, broches y pañuelos anudados al cuello, peinados de manera imposible. Esculturas de cabello donde el más alto es el ganador. Admiradores de The Cure que apestan a laca.

Pregunto cómo entrar a un grupo que está sentado sobre unas vespas. Visten camisetas blancas, vaqueros anchos doblados hacia arriba, Doc Martens, y tupé en el pelo.

Me miran fijamente y me hacen sentir vieja y ridícula.

—Empuja la puerta y ya está.

Mis ojos te buscan.

El pub tiene dos platos de música para pinchar discos. Suenan Los Ramones. Tras la barra, gente de ambos sexos sirven copas con una sonrisa. Los vasos de cubata se acumulan en la barra, las mesas, el suelo. Algunos pijos comen patatas fritas y cacahuetes de los platos de los otros y saludan con efusión a la gente como si fuera una fiesta privada, donde me he colado, otros se miran de reojo con una sonrisa de complicidad. Me pido Licor 43 con Coca-Cola y, contenta de que esté muy frío, lo engullo casi de un trago.

El humo del local crea nubes en el techo, tremendos nubarrones a punto de descargar. No puedo evitar pensar que ojalá llueva. El dolor de cabeza, la sensación de presión alrededor de las sienes, va a más. Mi mano tiembla cuando vuelvo a coger el vaso.

Con el estómago vacío, el efecto del alcohol es inmediato; el lugar se vuelve enorme, lo mismo que la distancia entre la gente, descubro que puedo respirar y una sensación de irrealidad se acrecienta cuando una carcajada me hace volver la cara.

Eres tú. En mi cabeza, por encima de Bonnie Tyler, suena Mocedades: *Eres tú, como una mañana de verano, como una sonrisa, eres tú, eres tú.*

Apoyas la espalda en la pared. De repente, no te veo; luego, un foco de luz te ilumina por completo para volver a desaparecer. Me acerco por el lateral sorteando un grupo de chicas vestidas a lo Madonna en *Like a virgin.* Una chica me dice que si quiero bailar; ni le contesto. Doy otro paso más y toco la pared. Para disimular, bebo el agua de los hielos derretidos. El vaso es tan grande que me tapa la cara. Un hombre coge el tuyo y bebe de él. Lo apoya en la mesa y te besa. Ahora solo veo una masa compacta donde los dos cuerpos desaparecen y queda un espacio amorfo. Vuelves a reír. La luz ilumina el momento en que muerdes el cuello del otro. Los dos volvéis la cabeza en el mismo instante en que el público corea un nombre: Marylurry.

Un hombre pequeño con una peluca rizada imita a una cantante de cabaret de los años treinta. El público aplaude y pita. Observo el espectáculo con enorme admiración. A mi alrededor todo es alegría y movimiento. Giro la cabeza y no estás. Desesperada, te busco entre la gente, en la barra, en los baños. Salgo fuera.

Entre el gentío hay un chico sacando la basura.

—Perdona, ¿has visto salir a dos hombres?

Soy incapaz de pronunciar la palabra *pareja* o *gays* o alguna mierda así.

—Si los describes…

Y qué le voy a decir, ¿que uno de ellos tiene los ojos como el mar de Francia, que su espalda es un muro donde descansar, que le gusta mirar al suelo y detesta el contacto físico conmigo?

—Olvídalo.

Me quedo quieta, indecisa. Una loca pasa por la calle cantando con voz quebrada una canción sobre el amor perdido. La tapa de la basura golpea el contenedor y su ruido hace que accione mi cuerpo y me ponga a andar. Conforme camino por la avenida Bayona, el tráfico constante se vuelve más ruidoso y los gritos y el humo soplan en mi cara. Me apoyo en el tronco de un árbol. El olor de la madera me consuela. Paso al lado de un grupo que está junto a un coche con el capó abierto, pegado a otro de cuyo interior salen unas pinzas. Son jóvenes y ríen.

Me había salvado de aquella casa enamorándome, diciéndome que estaba enamorada. Ese amor fluía por mis venas, notaba el efecto de su poder en mi cuerpo. Gracias a esa droga, me había empeñado en imaginar un futuro que había nacido muerto. Jon nunca me había pertenecido.

Siento que soy insignificante y todo ello se acentúa por estar aquí, en la ciudad, un territorio de soledad donde no existe consuelo, ningún horizonte familiar donde detener la mirada. Solo quiero borrar de mi cabeza la imagen de Jon mordiendo ese cuello y esa boca abierta como si comiera una fruta madura, jugosa, absorbiendo el líquido que cae con una sed de desierto.

Me marcho hacia la pensión del casco viejo de Pamplona donde dormiré esta noche. Antes, en el restaurante Bávaros, pido un bocata de lomo con pimientos.

Me adentro por una calle del centro de la ciudad. Esqueletos vestidos de negro vagan por las calles, se mueven con lentitud, con las mejillas hundidas, sin dientes. Caras de suicidas, con el pelo sucio que les tapa la cara, ojos como pepitas de sandía, labios delgados y la piel arrugada. Pienso en esos ojos que han sido mi vida cuando recorro la calle y en la primera curva se alza la luna sobre la catedral. Esos ojos que tienen una vida secreta, que huyen de los míos y me mienten y me expulsan de un mundo que deseo habitar.

Paso por la plaza San José, donde se agrupan los heroinómanos. Manadas de animales que tratan de sobrevivir a toda costa con una máxima: cuando quiera lo dejo.

Uno de ellos se acerca encorvado.

—¿Tienes un cigarro?

—Lo siento, no fumo.

Me reconozco en él. En esa adicción y en la creencia de *lo dejo cuando quiera.*

—Tengo un bocadillo.

—Dabuten, tronca.

Le paso la media barra de pan envuelta en papel de aluminio con rapidez, como si fuera amianto. Nuestros dedos no se tocan.

—¿Y no tendrás una monedita?

Asiento con la cabeza.

—Ya sabes, *pal* vicio.

Le doy una moneda de cincuenta pesetas. Esta vez, mi uña roza sus dedos. Yo podría ser como él. Solo necesito un paso para caer. Un empujón.

Una pareja de policías charla sobre el último partido de fútbol. Camino entre jeringuillas, vasos de alcohol vacíos, papelinas abrasadas y pienso en el sida, la *kale borroka,* la hepatitis, los atracos, el paro, las sobredosis, el terrorismo... Un mundo de ficción fuera del mundo real en el que habito. Sospecho que puede llegar a ser el mío si no tengo cuidado.

La habitación está limpia. Los ruidos de mi tripa me recuerdan que he dado mi cena a alguien que quizá mañana esté muerto.

Camino hasta el final del pasillo y entro en un baño hediondo sin tapa de váter. Doy un paso hacia atrás y vuelvo a mi habitación, donde hay un lavabo sin espejo con un solo grifo atornillado a la pared. Sobre él hay una pastilla de jabón con betas grises. Meo en el cubo de la basura y echo mi orina por el desagüe. Cuando abro el grifo, el agua sale con gran presión y me moja el pantalón. Me lo seco con las mangas del jersey. Me lo quito y lo dejo colgado de una percha. El pelo me apesta a humo. Los zapatos, a pis y basura. Los dejo en la esquina más alejada de la cama. La música de los bares cercanos se cuelga por la ventana que da a un patio interior. En la habitación de al lado se abre un grifo. Alguien tose y escupe.

Quiero volver a casa. Necesito los zapatos rojos, juntar los talones y decir que no hay nada como el hogar. Expulso a Jon de mi vida, que no sea mío, tengo a Byron, a Lunar, a Calixto y Ángela; una cama limpia, una habitación luminosa y caliente. Echo de menos los robles enormes que me anuncian el viento y a los pájaros que lo mueven. El ruido de los borrachos, de un botellín que choca contra el suelo y del colchón de muelles cada vez que me muevo me recuerdan lo tonta que he sido y lo poco que he valorado lo que tengo.

Soñé con ser una princesa y que, cuando fuera medianoche, la calabaza en medio del salón no fuera yo.

Me has engañado. Te abrí las puertas de mi fuego, de la casa incandescente que habito al pie del abismo. Un lugar que alimento con mi cuerpo y que, pese a los embates, lucho porque no se hunda.

Esa idea del amor absoluto, de tener alguien solo para mí, de acceder a un cuerpo sin permiso, de conocer una historia y compartir un lugar del que nadie me eche y al que siempre querer regresar, esa estupidez infantil, ha terminado.

Colorín colorado, este cuento se ha acabado.

Me despierta un sonido de uñas sobre el cabecero de la cama. Por las rendijas de la persiana rota se cuelan agujeros de luz. Por un momento no sé dónde estoy y creo que un animal se ha colado en la habitación. Me levanto de un salto y me ovillo en la esquina opuesta al ruido. Dejo que mi vista se habitúe a la oscuridad y compruebo que solo son las cañerías de la pensión. Salgo pronto para coger el autobús de las siete de la mañana. Me peino tratando de imaginar mi cara en la ventana.

Cuando llego, Jon ya está en la granja. Me meto directamente en el baño y me ducho enjabonándome dos veces. Me lavo los dientes y me sueno los mocos. Cojo toda la ropa y la meto en la lavadora.

—Hoy te has levantado tarde. ¿Estás enferma? —me dice mientras corta queso y membrillo para almorzar.

No creo que su preocupación sea sincera, no solo porque siga recordando su boca contra la de otro hombre y esa carcajada abierta y feliz, sino porque me irrita el gesto forzado de dirigirme la palabra, la falsedad de todo lo que hacemos, de nuestro matrimonio, un vínculo sagrado que él se toma a la ligera sin un ápice de remordimiento.

—Creo que tengo un poco de fiebre. Me voy a acostar.

—¿Quieres que te suba algo?

Me detengo en el primer escalón y, sin volverme, le pregunto:

—¿Algo como qué?

Tal vez un poco de cariño, adoración, sinceridad para que no me obligues a ir detrás de ti hasta Pamplona, humillarme en un pub y ser testigo de tu infidelidad para después arrastrarme hasta una pensión inmunda rodeada de zombis.

—No sé, un poco de sopa.

—Una sopa estaría bien. Gracias.

Jon llama a la puerta antes de entrar.

—Ten cuidado, que quema.

Me incorporo en la cama y coloco un cojín en mi espalda. Doy vueltas con la cuchara a la vez que soplo.

—¿Necesitas algo más?

Me lo pregunta mientras una de sus piernas ya inicia la retirada hacia la puerta.

—¿Eres feliz? —le pregunto, en una maniobra suicida.

Cuando ya está de espaldas con la mano en el picaporte, se vuelve.

—¿Por qué lo preguntas?

—Curiosidad.

Nos miramos. Enseguida baja los ojos.

—Lo suficiente —me contesta, y se marcha.

Todo su cuerpo es una huida.

Byron me despierta. La ventana parte en cuatro pedazos la luz. La abro y me tumbo en el suelo con los brazos, las manos y las piernas extendidas al sol. Pese a la claridad y la alegría de los sonidos familiares del exterior, un profundo pesar se abate sobre mí. Una especie de arrepentimiento se enrosca en mi pecho. Es la desesperación de no ser feliz, de poder morir sin haber conocido la plenitud total, de pensar que desperdicio mi vida por desconocer el secreto de la felicidad y la manera de alcanzarla. Comprender que toda dicha me es ajena y que quizá se necesite una inteligencia que no poseo me confunde. Puede que no rece lo suficiente, que me haya alejado de Dios ignorándole y su mensaje no llegue a mí. Y luego está mi desdicha, que es ignorada por todos. Que a nadie le importe acrecienta mi soledad y la realidad de estar fuera. Ya no tengo mundos a los que huir.

Damos un paseo. Le doy la mano a Jon. En cuanto tiene oportunidad, busca una excusa para soltarse; una mosca, rascarse el brazo, señalar un pájaro... Nos acercamos al mirador de la piedra. Saca de la cartera la foto de su amor. El cuerpo que desea. La observo; los dientes blancos, la piel de canela que brilla al sol. Imposible competir con el deseo, con la belleza, con la distancia, con otro hombre... Pronto llegará en un avión. Todavía quedan papeleos por hacer. Tiene que firmarlos ante notario.

Sus palabras son cuervos que picotean mi pecho.

Cierro los ojos a la mañana clara y luminosa de finales de septiembre. El aire frío y húmedo me golpea la cara como lenguas cubiertas de alfileres. Me asomo al precipicio. Fantaseo con la idea de caer, de acabar, dejar de sentir. ¿Cómo será la muerte? ¿Será la nada, será que no seré más? Jon se acerca preocupado y me sujeta el brazo con ternura.

—Ten cuidado, es fácil caerse.

—Tienes razón.

Entonces le empujo. Es un gesto banal, nada melodramático, hasta diría que cotidiano. Me doy cuenta de que sigo con las manos cerradas como si fuera una boxeadora.

Cae y grita.

Lo cierto es que no es un grito, es como un aullido lejano. Pronto no es más que un trapo que rebota. Desaparece entre la maleza. Una súbita revelación llega: pensé que sería más discreto para morir. También más sucio. La luz muere y cae como un cuchillo sobre mi espalda. Y todo comienza dando al *play* de mi película: las ovejas y su mugre, las verduras podridas, las castañas que caen, mis botas embarradas, la ropa húmeda que no se seca, el miedo a la noche, la televisión y sus personajes felices, pero sobre todo recuerdo la nota escrita debajo de una publicidad de tractores, esa puta nota sobre la mesa.

Nadie volverá a dejarme.

Me he amado y odiado, me he protegido y abandonado a mí misma; solo estoy yo.

Solo.

Sola.

Alguien ha quitado el tapón de la bañera. Los pensamientos escapan en un embudo psicodélico, y yo con ellos.

Jon murió ayer.

Murió.

Ayer.

Jon.

Da igual el orden de las palabras, todas me llevan al desorden y al caos: Jon, el de ojos como el mar de Francia, se disuelve en un barranco y yo no puedo dejar de pensar en sus manos acariciando el lomo de un animal y desear ser ese animal.

Estoy en el hospital, en el ala de observación de psiquiatría. El médico dice algo de estrés postraumático. Vuelvo la cabeza hacia la ventana, tengo ganas de llorar. Me siento muy cansada. La enfermera mete las sábanas dentro del colchón con suavidad, pasa la palma de la mano sobre la manta —no se parece a la mano de Jon— y plancha una arruga que se ha creado al mover mi pierna. Me dice que tranquila, que no me preocupe. Vuelve a hacer ese gesto de ternura, esta vez en mi mejilla. Comprendo la gravedad, el drama, y entiendo que puedo llorar. La mujer da paso a la niña. Mi lloro es escandaloso, sin pudor. Me mira preocupada. Avisa al médico.

—¿Cómo estamos?

Intento decir que no tiene por qué preocuparse, pero de mi garganta no sale palabra, es tal el esfuerzo que me dan ganas de vomitar.

—Tranquila, tranquila, ya saldrá. Luego vendrá el psiquiatra.

Asiento como la niña que soy.

—Te van a poner un medicamento para que duermas un rato. Descansa. Luego podrás irte a casa.

Un pensamiento me aterroriza. A casa. ¿A qué casa?

Un sacerdote debe velar la agonía; su presencia sirve para ahuyentar a los diablos que, sin duda, se congregan en torno a la cama del agonizante para tentarle. Si se tiene dinero, se le obligará a permanecer días enteros vigilando junto al muriente ante la posible llegada del maligno.

Paso el final de la noche velando el cadáver.

El pueblo desfila frente a mí, conocidos y desconocidos me estrechan la mano y me dicen: *osasuna enkomendatu*. Me dejo llevar y a duras penas puedo levantar la mano. Un grupo de mujeres rezan el rosario; en sus manos llevan ramas de espliego y laurel mojadas en agua bendita.

Veo a Mari delante de la puerta. Su silla de ruedas no cabe por el marco tan estrecho. No me levanto. Hundo mi cara en un pañuelo y espero.

Oigo un murmullo y el sonido de tu cuerpo de gusano que se arrastra hasta mí.

—Lo siento mucho. Te acompaño en el sentimiento.

Estás sentada en el suelo, tus pies casi tocan los míos. Si me acompañaras en el sentimiento, sabrías que no siento nada. Quizá trate de aprovechar mi dolor y que volvamos a ser amigas. Eres como un complemento de moda, pegas con mi ropa y mis zapatos.

Las ventanas de la casa se cierran. Calixto retira los cencerros de las vacas en señal de luto.

Al llegar del hospital, el cadáver ya estaba en el ataúd vestido con un traje. Un cristal estrecho y alargado mostraba su rostro y torso. Tenía los brazos cruzados sobre el pecho y un pañuelo le envolvía la mandíbula. Sus ojos estaban cerrados. Quise quitar la tapa, abrirle los párpados y comprobar que era Jon.

Su madre se arroja sobre el ataúd y llora igual que cae la lluvia en este lugar, suave y silenciosa. Susurra lo guapo que está con su traje de boda, me pregunta si me quiero despedir. ¿Despedirme de quién? Como si me hubiera leído el pensamiento, contesta:

—De mi hijo.

No dice «de tu marido». Los juegos de poder comienzan demasiado pronto. Él no es Jon. Es un muñeco del color de la cera con las mejillas hundidas.

Se tapa la boca con un pañuelo y vuelve a sollozar.

Jon está en el monte con las vacas. En esta época hay mucho trabajo. No es él. Porque si lo fuera le arrancaría esos ojos del color del mar de Francia y los guardaría en un bote de formol para mirarlos siempre y que ellos me devolvieran la mirada.

Escribo en una hoja: *Quiero ver sus ojos.*

Ángela se marcha y aparece Calixto. Se sienta a mi lado.

—*Kontuz, begi beltza.* No hay que cruzar la mirada con la de un muerto porque podría arrastrarte con él, y la boca también tiene que estar cerrada porque puede llamarte. Lo hago por tu bien.

Asiento y bajo la cabeza. Es lógico que unos ojos de mar quieran arrastrarme entre las olas hasta el fondo, a ese lugar donde no existe la luz. Un momento de duda me asalta, ¿quiero que Jon me lleve con él?

Me levanto, aplasto la nariz contra el cristal y miro fijamente tu cara. Vaya, sí, es verdad, estás muerto. Fuiste torpe. Mira que caer así, tan burdamente. Pudiste salvarte, agarrar una rama, engancharte con una raíz, pero no, rodaste arrastrando piedras, tierra y todo lo que hallaste a tu paso. Me dijeron que no sufriste, pero yo sé que es mentira. Tus miembros fueron rompiéndose y no fue hasta el final del barranco cuando te partiste el cuello.

Torpe, Jon, torpe.

Me despido del marido y de los hijos que no tendré, de la vida imaginada que en vano intenté copiar de los cuentos infantiles. Me despido de Sylvie; la he querido, pero no la voy a echar de menos. Era débil, dependiente, una buena perra de compañía.

Adiós, Sylvie. Que tengas buen viaje.

«El jergón de la cama donde falleció el enfermo se quema a corta distancia de la casa, en medio de un camino vecinal. El lugar escogido para hacerlo debe ser un cruce de caminos, para despistar al muerto. Así no podrá volver y molestar a los vivos».

William A. Douglass, *Muerte en Murélaga*

El abogado llega a los cuatro días. Le doy por escrito las instrucciones oportunas.

Voy a denunciar al ayuntamiento por no avisar del peligro que es el mirador del barranco. Espero que la muerte de Jon no sea en vano. Pobre, muerto tan joven por un ayuntamiento negligente. Le podría haber pasado a un niño.

Pienso en todos los hombres que han estado en mi vida. Ellos me han hundido y no les importó que viviera en el fondo. Padre, hijo y espíritu santo: mi padre, C y Jon. Intento odiar esa santísima trinidad y que este cuerpo mío de segunda mano se rebele.

Las dos campanas tocan de manera alterna y pausada durante cinco minutos. La misa por su alma es en euskera. Calixto me da unas hojas con las letras traducidas de las canciones. Están arrugadas. Las extiendo sobre el banco de delante. Me pongo de rodillas con la cabeza baja y las palmas de las manos unidas. No me levanto en toda la misa. Me concentro y busco a Dios. Encuentro un dolor por la pérdida de Jon, porque yo lo quería. Me agarro a ese dolor y lo estrujo para que duela. Espero que me desborde, me haga aullar y sienta la necesidad de arrepentimiento y perdón. Pero la foto del chico de piel canela y dientes blancos se superpone. Era él o yo. Alzo la cabeza y solo veo un hombre en una cruz. Tiene espinas en la cabeza, sangre en el costado y en los pies. Contemplo el cáliz de Cristo entre los brazos alzados del sacerdote, el olor a incienso, los dos monaguillos; los conozco a ambos, están contando los minutos para que acabe la misa y les den la paga, siento la oscuridad y el frío de la iglesia. Esto es un teatro de hombres. ¿Y si Jesús no existe? ¿Y si es solo otro hombre que me ha abandonado?

A*nima ona mundutik, uri erauntsie zerutik,* repiten. Leo la traducción en la hoja:

Alma buena que abandona el mundo, chaparrón de agua que cae del cielo.

Como un mantra, la repito hasta que su significado se diluye antes de que lo averigüe.

En un banco lateral veo a Asiera, Itziar, detrás a Josefina y Mari. Podrían formar un grupo de música o ser un nuevo comando terrorista, me las imagino de varias formas y me entran ganas de reír. Desciendo la cabeza hasta que mi barbilla toca el pecho y disfrazo de llanto la risa. Son unas desagradecidas, las cosas que no se hablan, se pudren. Esa costumbre de tapar la miseria dentro del hogar, de ser discretos y solucionar los problemas de puertas para dentro, o, mejor, no solucionarlos y dejar que se olviden, no la soporto. ¿Por qué no aprovecharon la verdad para comenzar de nuevo como familia? Han preferido continuar como si nada hubiera pasado y dejar que el tiempo haga su trabajo.

Al salir te veo. Estás frente a mí. Me detengo como si hubiera chocado contra algo. Dudo si eres tú. Levantas la mano y esbozas una media sonrisa. Levanto los pies al acercarme, no quiero tropezar. Me recuerdo a mí misma que he sido árbol muerto, musgo, loba, detective y maga.

—*Kaixo* —me dices.

Odio que meta palabras en euskera. Ese afán de superioridad, ese falso acento como si fuera un nativo vasco que, a duras penas, sabe hablar castellano.

—*Salut, ¿ça va? Je ne t'ai pas vu depuis longtemps. ¿Comment vas-tu dans ta nouvelle vie? Lâche, c'est ce que tu es.*

—Sabes que no hablo francés.

—Ni yo euskera.

—Entiendo.

—Eso espero, que entiendas.

La perra abandonada con la correa arrastrada por el suelo que busca que alguien la pasee se rebela.

Calixto y Ángela me alcanzan y se quedan a mi lado.

—¿Qué quieres?

—Darte el pésame.

Bajo la cabeza aceptándolo.

—¿Algo más?

—Ya sé que no es el momento, pero, cuando puedas, me gustaría vender la borda. Tengo alguien muy interesado. O si no vives ahí, podría hacerlo yo. Es malo que una casa esté cerrada.

Por primera vez, le veo como debería haberlo hecho hace tiempo. Solo es un ser vulgar que no tiene un lugar en el mundo, acaso un árbol con muchos pájaros en su copa que le cantan y le cagan sobre la cabeza.

Paso a su lado sin contestar. No sabe que jamás la venderé y tampoco le dejaré vivir en ella. Tendrá que contratar abogados y obligarme. Esa casa es la testigo de mi ruina y de mi triunfo. Un recordatorio de un pasado que redimir y al que no voy a volver. Es mi retrato de Dorian Grey. Contemplar cómo la vegetación se la come y el clima va destrozando de manera sutil el tejado, las paredes, las cañerías, me hace inmensamente feliz.

La casa se queda sin gente. Cierro las ventanas, las contraventanas y echo las cortinas. Es la primera vez que estoy sola. Otra vez juntas las palabras, *sola* y *casa*. Byron mueve la cola y me hace cosquillas en el tobillo.

Ha pasado una semana desde que te caíste por el barranco y la vida sigue su curso en silencio y a oscuras. No voy a salir de casa ni a abrir la puerta. Quiero que esta casa en blanco y negro me traspase y me vacíe.

Ya no hay esperanza ni cuerpo ni casa que consuele.

Recorro las habitaciones. Es un caserío espectacular. Es en ese momento cuando decido castigarme, ya que Tú no lo haces.

Cojo un cuchillo de la cocina y me corto el antebrazo. Las gotas de sangre caen por la encimera de la cocina. Con la palma de las manos las extiendo por el fregadero, el grifo, los tiradores. Me pongo de rodillas y pinto algunas baldosas del suelo, me preocupo de que las juntas de cemento se manchen. Utilizo las manos, dedos, codos, los hombros como pincel. Soy verdugo de mí misma. Quizá ese es tu deseo, que yo me castigue. Creo en Dios todopoderoso, creador del cielo y de la tierra. Creo en ti porque te hago real y reafirmo mi fe. Sé que existes. Debes existir. No quiero que entre un pensamiento impuro, ni una sola idea de que todo es falso, de que mi vida es una mentira.

Me miro al espejo y me siento ridícula. Me lavo la herida, no es profunda, y la cubro con una venda. Limpio la sangre de la cocina. Algunas juntas del suelo se han oscurecido y ese tono no se va. No intento fregarlas con lejía, me gustan así.

Voy a ver a Lunar al establo. Llevo medio queso y unas zanahorias.

El día se arruga como un melocotón maduro mientras los pájaros entonan sus últimos cantos. La noche me aterra. Quizá Jon decida visitarme o, peor, quiera quedarse a vivir y atormentarme. Este miedo no tiene nada que ver con el de la borda. Aquí no hay puertas que pueda cerrar con llave ni verjas que colocar. Bajo las escaleras y enciendo la televisión. Una película de vaqueros me vale. Byron se sube al sofá y se arremolina junto a mí.

—¡No quería matarte, solo fue un empujón! —grito a las paredes.

Pienso en ese instante, lo repaso con cuidado y rehago la escena; lo empujo, se resbala, entonces me dice: no bromees, me puedo caer. Da un paso atrás y se pone a mi lado. En su lugar, unas piedras caen al barranco, montan un poco de polvo, nada más. En mi imaginación volvemos a casa, hablamos de cosas intrascendentes: que si hay vacas preñadas, que tendrá que comprar otra escopeta, pero, al final de esa escena, siempre aparece ese hombre en el umbral de la puerta cuya piel tiene un brillo que yo quiero sorber, lamer, hasta convertir en algo mate, casi en papel de estraza.

Volvería a hacerlo.

En el notario descubro que soy la heredera.

Decido abrir un par de ventanas. También contrato a una mujer mayor como interna. Me dice que necesita el dinero porque su familia se ha quedado en su país y les tiene que mantener. Me parece bien que esté en mi casa, a los fantasmas no les gusta la gente, y me parece bien que necesite el dinero. Utilizo su necesidad para una obediencia total, que se gane la paga.

Cada día me siento recompensada, fuera de toda venganza y castigo. Me compro un *walkman* y escucho música y bailo y río. Desde mi habitación miro los prados que se extienden a lo lejos con esos robles inmensos enmarcando el horizonte, y el sol entra y toca mis pies y vuelvo a reír y a llorar de alegría. Pienso que Dios me premia por haber quitado de esta tierra a Jon, el desviado, lo he mandado a un sitio para que le castiguen. No, no, eso no es justo, no quiero que le castiguen; lo que van a hacer es curarle. Tengo la certeza de que será así. Subo el volumen y doy vueltas y me subo en la cama, en esta cama tan grande, seca y limpia. Y me tumbo y contemplo las vigas de madera sin carcoma, y en las esquinas no hay telarañas, y miro debajo de la cama y no veo ni una bola de polvo y lloro de alivio. He ganado.

Dios está conmigo. Dios me bendice.

Sé que es él. Es el mismo número de otras veces. No voy a descolgar. Sigo viendo su foto en mi mente. Esa sonrisa de anuncio y el cuerpo de canela bajo el sol. El arruinafamilias, porque, claro, yo quería tener hijos, viajar, pero él, un muerto de hambre que lo único que tiene es su físico, seguro que embaucó al pobre Jon, él, que justo había salido del valle. Lo confundió. No era gay, confundió el placer, la novedad, con el amor.

La criada me pregunta si hace asado para comer, asiento con la cabeza. Busco en mi bolsillo las tarjetas con las instrucciones, le muestro la de flan de café para postre. Me gusta la imagen que muestro de virgen en el altar, hecha de tiempos pretéritos. Mi silencio me aleja del eco vulgar de la gente. También me da poder. No saben que dentro de mí todo es grito y fuego y hambre.

Solo quiero pronunciar lo impronunciable, aquello hermoso que nace del alma, incorrupto y puro, todavía no manchado por el aliento que da vida a la voz; encontrar algo tan hermoso que dé miedo, que la palabra tenga tal significado que lo llene todo. Esas palabras no están hechas para los demás, pasan inadvertidas, transparentes, tan irreales que no existen en su vocabulario, y, si acaso las rozan, se rompen con estrépito de cuchillos. ¿Puedes contemplar algo más sublime?

Solo palabras que importen, que den un vuelco a tu vida y la vuelvan a crear. Que mi oido gima al escuchar su avance.

Ando a todas horas. Nunca voy a la tienda de Itziar. Ni a ese pueblo. No he vuelto a hablar con Mari. Estará sola, rodeada de sus libros. Marginada.

El perro callejero vuelve a llamar. Descuelgo el teléfono y le digo:

—Soy su mujer. Jon está muerto. Borra este número.

Esta soledad no me brinda sosiego ni alivia la ansiedad que siento. Espero tu bendición a mi historia, a esa mujer que ya no existe y que nadie ha llorado. ¿Dónde está la señal que dé sentido al pasado? Encuentro mi fe diluida, casi líquida, transparente, que me traspasa y no deja marca ni poso. Pienso que esa revelación se ha quedado en otro lugar, lejos de mi cuerpo.

Rodeada de comodidad, de acciones que se repiten, mi aburrimiento me come. Necesito construir. Nunca tendré otra oportunidad, me digo. Parto del vacío, de la destrucción, para crear un mundo propio hecho para mí y por mí. Puedo ser Dios.

Mejor: puedo ser Diosa.

A las dos semanas de su entierro, decido viajar a Francia. Llevo once años sin ver a mi familia y es el cumpleaños de mi padre.

El piso sigue igual. El papel con flores grandes del recibidor, el plato con forma de concha para dejar las llaves, la moqueta crema del suelo. Las mismas puertas dobles del salón con el cristal color amarillo pis de borracho, decorado con formas de culos de botellas.

Saludo a mi hermana y su marido sin cruzar el umbral de la cocina. Es estrecha y larga. Solo recuerdo a mi madre en ella.

—Esto huele muy bien.

—Mejor sabrá.

Mi hermana me contesta sin volver la cabeza de lo que quiera que hace.

—Pero, *mon amour,* no me habías dicho que tenías una hermana tan guapa.

Mi cuñado se acerca y me da tres besos mientras sonríe con efusividad.

—Encantado de conocerte. Ya era hora —me dice.

—Me llamo Armand.

—Y yo Sylvie.

Mi hermana me mira y sube la barbilla mostrándome las manos con masa para hacer rosquillas.

—Te saludaría, pero tengo las manos muy sucias.

—No importa, hay tiempo.

Las dos sabemos que ese contacto no se va a producir, que se nos da bien el teatro y mostrarlo con o sin público, y que el tiempo es una herramienta extraordinaria, flexible, que se puede alargar al antojo de las interesadas.

Mi madre llega de la compra. Oigo la llave y me planto frente a ella. Por un momento se queda rígida, desorientada. Apoya las bolsas de rafia en el suelo con la llave todavía en la mano.

—Buenos días, madre. Deje que le ayude.

La beso y deposito las bolsas en el suelo de la cocina. Voy detrás de mi madre hasta su habitación.

—¿Cómo estás? —me pregunta.

No sé qué responder. Algo oscuro crece dentro de mí cuando estoy a su lado. El rencor de haberme hecho a su imagen y semejanza bajo la supervisión de mi padre me llena de ira.

—Todo bien.

—Tu padre se puso muy contento cuando nos llamaste para venir.

Mentira. Gemirás toda la eternidad.

—Que hayas elegido su cumpleaños es doble felicidad.

Mentira. Azufre será tu olor.

—No puedo creer que toda la familia esté junta. Te hemos echado en falta.

Mentira. La fetidez se escapa de tu boca malsana.

—¿Sabes que a la tarde nuestro cura hará una misa especial en honor de tu padre?

No se desviste. Está esperando a que termine esta conversación forzada, correcta bajo los estándares de la cortesía, para que me vaya y cerrar su puerta.

—¿Vendrás con nosotros?

—Por supuesto, tengo varios pecados que confesar.

—Como por ejemplo vivir con un hombre sin casarte.

Nos miramos frente a frente como en un duelo del salvaje Oeste.

—Por ejemplo, aunque ahora hay alguno más.

Me toca la espalda y me acompaña hasta el pasillo.

—Siempre hay algo más. Menos mal que tenemos a Dios para purgar nuestras cosillas.

Y cierra la puerta.

Dejo la bolsa de viaje en mi habitación. Solo reconozco el espacio y mi cama contra una pared. Bajo la ventana hay una máquina de coser. Contemplo el mundo de mi madre hecho de cosas mínimas: los alfileres, las revistas de costura en la estantería que antes ocupaban mis libros, el papel de patronar, las tijeras, una falda con el bajo a medio coser, una camisa de mi padre al que le falta un botón, hilos, muchos hilos. Me fascinan las bobinas ordenadas por colores listas para desfilar dentro del costurero. Paso el dedo por ellas y las hago girar; nada sucede, mi acción no deja huella, dan la misma cara. Ese mismo dedo, inocente, infantil, incapaz, inútil, empuja el costurero. Esta vez sí, serpentinas de colores ruedan por el suelo; algunas siguen ordenadas sin despegarse, les doy una patada y se pierden bajo la cama. Me reflejo en mi madre y en lo que iba a ser mi vida, una copia hecha a semejanza del padre. La casa me ahoga con su recordatorio constante de mi pasado malogrado.

Oigo el coche. Antes de salir, introduzco la caja de los botones en mi bolso.

Mi padre entra por la puerta y toca varias imágenes de santos, como si le fueran a pegar un poder. Sonríe satisfecho, tiene a todos bajo su ala. Todavía no tiene claro por qué he vuelto y no disimula.

—¿A qué debemos este honor?

Me besa mientras me sujeta los hombros.

—Quería estar en su cumpleaños.

—Fue una maravillosa noticia cuando nos llamaste.

Lo dice de tal manera que le creo. No puedo evitar sentirme niña otra vez y buscar su aceptación. Él es mi pastor, si le tengo nada me falta.

—La hija pródiga ha vuelto a casa. Te damos la bienvenida. Qué maravillosa visita.

Al sentarnos a la mesa, levanta la voz en la palabra *visita*. Le digo que soy viuda, a mi madre le tiembla el cazo mientras sirve la sopa. La veo mayor, su respiración parece un bosque muerto por el que se mueve el aire. Antes de comer rezamos un padrenuestro, un avemaría y un gloria al Padre y nos santiguamos.

—No sabíamos ni que te habías casado —dice mi padre extendiendo la servilleta sobre las rodillas.

Como siempre, habla por todos, porque él es el portavoz de la familia. No solo porta la voz, también las ideas, la honra, el prestigio, la razón; él es la familia. No me acompaña en el sentimiento ni pregunta cómo murió. De mi madre no espero nada. Les incomodo. No quieren saber.

—Pero ¿qué pasó? —me pregunta mi cuñado.

La mesa se remueve incómoda.

—Un desgraciado accidente, se cayó por un barranco.

—Lo siento mucho. Llevabais muchos años, ¿no?

Miro a todos antes de contestar:

—No. Menos de un año. Este es otro.

Mi madre llama a la mesa para cortar la conversación y su deriva. Aparecen mis sobrinos. La familia hace como si fuera ayer, como si nunca me hubiera marchado. Me repugna su hipocresía. Contemplo con interés a mis sobrinos. Los gemelos y la niña. Ella, con sus dedos regordetes, me informa de que tiene dos años.

El anillo de diamantes de mi hermana brilla cada vez que utiliza la mano. Va a juego con los pendientes.

—Es precioso —le digo.

—¿El qué?

Le hago un gesto con la cabeza señalando su dedo.

—Un regalo de Armand al dar a luz a los gemelos —me contesta, y extiende la mano, admirando el solitario.

—Todo esfuerzo tiene su recompensa —añade su marido.

—A veces, no —contesto.

Mi hermana pone los ojos en blanco en plan «ya está con sus chorradas».

—Si rezas, purificas tu corazón y consigues el amor del Padre, todo te es devuelto con creces —dice mi padre.

La mesa dice amén.

—Quiero recoger mis cosas —le aviso a mi padre.

—No queda nada tuyo, lo poco de valor que había —esto último lo recalca— lo dimos a los Traperos de Emaús. Han sido demasiados años de ausencia.

—Tendrías que haber avisado de que te las guardáramos —dice mi hermana.

—Pero alguna cosa habrá. Mi cosas del *ballet,* el maletín de acuarelas, los libros.

—Ocupaban mucho espacio —contesta mi padre—, y en esta casa ya sabes que no hay sitio para cosas de poco provecho.

Me he acostumbrado a no hablar, así que no replico.

El café llega y los niños se van a ver la televisión.

—Si eres viuda, supongo que habrás heredado algo —dice mi padre sin venir a cuento.

Alzo la barbilla, echo los hombros para atrás y deposito mis manos sobre la mesa.

—Un caserío, una casa rural, una granja de vacas y otra de ovejas, cientos de hectáreas en prados y robledales, un coche y un tractor.

—Maravilloso. Por fin haces algo decente. Dios te ha castigado con la muerte de tu marido por tus pecados pasados, pero te ha recompensado con una buena herencia por casarte por la Iglesia. Dios aprieta, pero no ahoga.

Antes de viajar a Francia, he ido al solárium y a la peluquería. Tengo la piel bronceada y mechas doradas. Llevo un poco de maquillaje, una sombra de ojos, rímel y un poco de colorete. Me siento poderosa. La idea de irme cuando me apetezca, de tener una casa, dinero, un perro y un burro que me esperan, unos suegros que se preocupan por mí, me hace tomar distancia y vivir el encuentro con mi familia desde el patio de butacas.

La tarde decae lo mismo que las conversaciones anodinas, sobre todo del presidente François Mitterrand o del demonio de Jacques Chirac.

—Es una vergüenza que haya eliminado la homosexualidad de la lista de trastornos mentales y que ser gay deje de ser una cláusula de anulación de un contrato de alquiler de una vivienda —comenta mi hermana mirando la aprobación de mi padre.

—¿Te imaginas alquilar una habitación a un desviado? —me pregunta mi padre.

—Seguro que es horrible vivir con un enfermo mental. Pero si todos somos hijos de Dios, debe existir un motivo para que existan. Si yo viviera con un homosexual, mi propósito de vida sería curarle.

Todos callan. Esperan la respuesta de mi padre.

—Es ridículo. Los desviados forman parte del mundo animal y, como tales, no merecen ser salvados.

—Usted tuvo una gata a la que quiso mucho —añado.

—Como siempre, no escuchas. Yo no he dicho que no se pueda querer a un animal, he asegurado que no hay que salvarlo. No tienen alma que salvar.

—Los homosexuales son seres humanos. Lo que dice es ridículo.

—Imaginaba que venías para fastidiar, pero te has dado prisa en hacerlo. Acabas de llegar y ya estás replicando y llevando la contraria —opina mi hermana.

—Haya paz —añade mi madre—. Tu hermana se ha expresado mal.

Mi madre es pacificadora de nacimiento. Lleva la semilla de la cobardía implantada en el cerebro. Para ello tiene sus propias argucias, como llevarte la contraria hablando por ti o cambiando el tema para desviar la atención y que se pierda el hilo de la conversación. La paz de mi padre es su paz.

—No es verdad. Me reitero en lo dicho. Son seres enfermos, nada más.

—Es trabajo del pastor que la oveja descarriada vuelva al redil. Debemos tener paciencia con Sylvie.

De repente no me encuentro bien y pido permiso para retirarme. Todo lo rápido que puedo, me voy a la calle.

Sabía que el precio a pagar por volver al hogar iba a ser alto. Conocía el riesgo, la temeridad de mi acción, aun así, aquí estoy, temblando con ganas de vomitar. En mi familia no tengo aliados. El cielo y la tierra giran alrededor del cabeza de familia. El que viene de fuera debe hacer lo posible por estar dentro y, a cambio de la obediencia, se le ofrece el paraíso.

Esta casa es un país pequeño gobernado por un dictador repleto de nadies, nadas y nuncas.

Sugiero que vayamos a la casa de verano.

Mi madre se escandaliza.

—La casa de verano es para el verano.

—Quiero verla antes de irme.

Recalco el *antes de irme*.

Mi madre mira a mi padre. De hecho, todos miran a mi padre, que golpea el sello del dedo meñique contra la copa.

—Id y pasad un fin de semana maravilloso. —Y alza los brazos como el sacerdote diciendo id en paz, venid a mí o yo soy vuestro pastor y nada os falta.

Los años han mejorado la casa de verano. La hiedra cubre de rojo la fachada. La casa es grande, amplia, con enormes puertas francesas que dan a un lago.

—Estás muy guapa —me dice mi cuñado.

Sonrío y coqueteo con él. Al colocar los cubiertos para la comida, mi brazo roza su brazo.

Después de comer, les leo un cuento a mis sobrinos. *Los tres cerditos*. Su parte favorita es cuando el lobo sopla y destruye las casas y cada cerdito se refugia en la casa del otro.

Odio mi voz.

Compiten entre ellos sobre quién sopla más. Sus mofletes de querubines se inflan al igual que el techo de la Sixtina.

—Nos gustan los cuentos de terror —afirman valientes.

Alargo el cuento y me invento que el lobo destruye la casa de ladrillo del último cerdito. La alegría de mis oyentes da paso al desconcierto.

—Nadie puede vivir en la calle —dice uno de los gemelos.

—El abuelo dice que solo los animales —apunta el otro.

Les informo de que los protagonistas del cuento son animales.

Callan.

—Yo sacrificaría un cerdito —dice uno de ellos—, el vago de la casa de paja. El abuelo dice que los vagos no sirven para nada. Y mientras se lo come, los otros dos huyen.

—¿Y por qué conformarse con uno si puede acabar con la familia de cerditos? —le pregunto.

El niño se encoge de hombros.

—No sé la razón por la que has cambiado el cuento. No me gusta —dice la niña.

—A mí tampoco —dice el otro gemelo—. ¿Por qué el lobo no muere en la chimenea?

—La razón por la que el lobo no muere es porque tiene hambre. Y no tenéis ni idea del poder que da el hambre.

—Pero ya tiene a uno.

—Esa hambre no se sacia con un cerdito, necesita más.

—¿Más de tres?

—No, creo que tres es el número perfecto —les respondo convencida.

Me siento en el columpio de fuera y dejo que mi cuñado me empuje. Cuando coge altura, le agarro con fuerza para que pare. Nos reímos.

Ayudo a mi hermana a recoger moras en la cuneta del camino que va al pueblo.

—He encontrado mayor a nuestra madre.

No me mira, sigue recogiendo moras con una precisión de científica nuclear ante el fin del mundo.

—Es normal, han pasado muchos años desde que te fuiste.

—Ya. No parece que me hayáis echado de menos.

—Al contrario, hemos estado mejor sin ti.

Es agotador lidiar con un padre déspota, con las mentiras de mi madre *por el bien de todos* y la crudeza sin filtros de mi hermana.

—¿Recuerdas cuando madre nos contó que si un chico te daba un beso te quedabas embarazada? —le pregunto de repente.

—¿Y eso a qué viene?

Se quita un mechón de pelo de la cara; al hacerlo, se mancha de violeta la sien y la mejilla. No le digo nada.

—No sé, me acabo de acordar.

—Era por nuestro bien.

—Era mentira.

—Mentiras piadosas.

—¿Y tú crees que la palabra *piadosa* exculpa el daño causado?

—Siempre fuiste demasiado dramática. Veo que no has cambiado.

—Pero me horrorizaba que un chico me besara. Tardé años en conocer la verdad.

—Lo importante es que funcionó. Al menos a mí no me engañó ningún hombre. Armand ha sido mi primer novio. Me casé virgen y no puede haber nada más respetable. Cumplo los mandamientos de Dios y Él me lo devuelve con creces.

—Dirás que padre te lo devuelve. Armand trabaja en su empresa de transportes, en la directiva.

Deja de recoger moras y me mira.

—A ti lo que te falta es inteligencia. No eres capaz de tomar distancia de las cosas y elegir lo que es mejor para ti. Siempre te has guiado por el corazón, y eso sirve de poco.

Con los años ha perfeccionado el rictus despectivo de su boca, el gesto contraído a lo señorita Rottenmeier.

—¿La religión no dice que has de seguir a tu corazón?

—¿Ves? A eso me refiero. Eres extremista, no encuentras el equilibrio necesario para vivir en una sociedad. Yo hago lo que me conviene. Soy una feliz ama de casa que no tiene que dejar a sus hijos en una guardería para que los críen otros a cambio de estar todo el santo día trabajando. Pero para ello se necesita una sabiduría de la que tú careces.

La detesto porque siempre quise ser como ella. Encontrar un hombre, un padre que me mantenga, que me respete y quiera. Un ejemplo de conducta y bien hacer. Desde pequeña me han agarrado la cara y obligado a mirarme en mi hermana.

Ella no tuvo que hacer *ballet.*

—Me pones enferma con tu actitud ante la vida. No tienes remedio.

Espanto una avispa con grandes gestos de pánico.

—Si haces eso, te picará. Solo debes conservar la calma y fingir que no te importa que te pique. El secreto es que no te vea como una amenaza.

—Claro, me quedo quieta y dejo que haga conmigo lo que quiera. Eso de luchar y defenderte no está en tu vocabulario, ¿verdad?

Sobre mí se yergue un cielo amenazador, un inmenso paraguas negro. El paisaje queda detenido y yo con él. El silencio pesa y se queda pegado a mis labios igual que mi secreto no revelado. Silbo e imito el sonido del viento. Sé que trae mala suerte desafiar a la tormenta y disfrazarse de viento. Silbo más fuerte. Un relámpago cruza las nubes. De repente, todo a nuestro alrededor se mueve a cámara rápida; ramas, hojas, ropa tendida, juguetes huyen sin saber qué dirección tomar. Mi madre se santigua y repite: *cruz, cruz, que se vaya el diablo y venga el niño Jesús.* Solo quiere que entremos, cerremos las ventanas, desconectemos la luz y recemos el rosario. Entro, me pongo el bikini y digo que voy a ir a nadar. La cara de mi madre es un cuadro de Edvard Munch. Llevo la caja de botones que mi madre ha recogido a lo largo de su vida. Conforme me adentro en el lago, voy esparciendo semillas de botones inertes. Dejo caer la caja metálica. Buceo y miro cómo se hunde hasta que la oscuridad la traga.

Desde el agua contemplo la casa cerrada. Es una manera gráfica de representar lo que soy para ellos. Aprovecho un trueno para gritar lo más fuerte que puedo antes de sumergirme. Aquí dentro no hay luz, ni sonido ni gravedad ni tiempo, solo un lugar donde la ira se atenúa. Saco la cabeza y dejo que la lluvia reviente mi cara. Me dejo llevar.

Cuando entro, la casa está a oscuras. Han encendido velas. Me voy tiritando a mi habitación.

Enciendo la chimenea. Todos nos sentamos alrededor del fuego. Los adultos acercan los sofás, los niños se sientan en la alfombra. Cojo el libro de los consejos para acatar la muerte y huir del diablo que mi padre me regaló cuando me fui de casa. Cada vez que he escrito en mi cuaderno sobre mi labor detectivesca en el caso de las vacas muertas de Asiera, he comenzado con un fragmento del libro. Abro una página al azar y leo en voz alta. *Los crucifijos, la Biblia o los cirios simbolizan la fe y son amarillos en representación del dolor. El uso del incienso por parte del sacerdote es para que las oraciones sean odoríficas al Señor y para expeler al enemigo común. Las canciones particulares de este rito, como el Benedictus, ayudan a conducir el alma del difunto hacia la eterna bienaventuranza.*

Doy la espalda a los adultos, los niños me miran extrañados.

—Esto es una mierda —digo.

Lo lanzo al fuego.

Mi madre trata de rescatarlo de las llamas, dice algo de sacrilegio y no sé qué tonterías más. No hago nada para detenerla. El calor la hace retroceder.

Mi padre llega mañana. Me rehúyen. Todos temen su reacción a la quema del libro.

La familia va a comprar provisiones. Mi cuñado se queda haciendo el asado. Le da un beso a mi hermana antes de marcharse. Observo la escena desde el vientre materno, el lago. En cuanto se marchan, voy a su habitación. Llamo a mi cuñado, le digo que estoy buscando algo.

No me he quitado el bikini. Estoy mojada. Mis dedos fríos le bajan los pantalones. Me tumbo boca arriba sobre la cama y retiro a un lado la braga del bikini. Cae sobre mí y se corre con pocos movimientos. La loba no aparece. Una forma incorpórea, casi inerte, mística, ocupa su lugar. La Diosa se ha creado por obra y gracia de mi voluntad.

Desearía que el lago fuera un mar y que, al secarme al sol, mi cuerpo se volviera costra de sal, y dejar en la piel de mi cuñado un tatuaje de telarañas.

Ser una lija que pule y destroza.

Mi padre avisa de que no irá. Tiene mucho trabajo. Es una persona ocupada. El aire se escapa de los pulmones de mi madre. La familia se marcha. Yo me quedo en la casa. Nadie intenta que recapacite y vuelva a la civilización. Será que soy una salvaje.

Es el sexo lo que nos salva de la muerte; altivo, egoísta, orgulloso. El amor, a su lado, es un lindo gatito.

Me convierto en la amante del marido de mi hermana. Soy la amante perfecta, porque soy la amante de un marido perfecto con una familia perfecta, de un padre perfecto, de un yerno perfecto. Destrozo mi cuerpo contra él como si fueran todos los hombres que amé.

Mi cuñado se inventa viajes para estar conmigo.

Contemplo su rostro lleno de deseo pidiendo que lo sacie. Parece un ciego buscando la salida de una casa que no conoce. Gimo en su oído para que su corazón sepa que estoy viva y que soy suya.

Pasan dos meses. Decido que es hora de volver al valle de Baztán. Antes de irme, hablo con mi hermana.

—Ven a la casa de verano.

—¿Por qué?

—Tú ven. Quiero darte algo antes de irme. Me ha costado mucho encontrar el regalo de despedida perfecto.

—Quiero darte algo antes de irme. Me ha costado mucho encontrar el regalo de despedida perfecto.

—Espero que merezca la pena y no me hagas perder el tiempo.

Pongo la música alta y lo cabalgo al galope. Mi hermana nos pilla desnudos, follando tal y como lo hemos hecho en estos meses. Entre gritos de «puta» y «desgraciada», me visto deprisa y los dejo. Por la ventana, veo que el taxi ya está esperando.

Follaré y follaré y tu casa destruiré.

Estoy embarazada. Creo que es la perfección absoluta, una viuda joven que dará a luz un hijo póstumo. Calixto y Ángela van a ser buenos abuelos, unos padres para mí. He creado una familia a mi imagen y semejanza donde no hay sitio para el hombre-padre. Mi hermana tenía razón en que no debía luchar contra la avispa, tan solo hacerle creer que era inofensiva.

Estoy dentro y fuera.

Busco un murmullo, un eco en mi conciencia que me diga lo mala que soy. A veces, en días de viento, camino entre los árboles en busca de Dios. Nada. Expectante, espero el castigo a mis actos, el precio a pagar por mi desobediencia.

También mintieron sobre eso.

Mi hambre era una casa construida sobre las ruinas del amor. La tarde va cayendo y he tenido la dicha de contemplar el atardecer desde esa casa.

FIN